ATLE NÆSS

# CARAVAGGIOS FLUCHT

ROMAN

Aus dem Norwegischen von
Angelika Gundlach

Insel Verlag

Die Originalausgabe erschien 1997 unter dem Titel
*Den tvilende Thomas* bei Gyldendal Norsk Forlag, Oslo


Druck: Pustet, Regensburg
Printed in Germany
Erste Auflage 2003
ISBN 3-458-17171-1

1 2 3 4 5 6 – 08 07 06 05 04 03

# Caravaggios Flucht

## VORWORT DES HERAUSGEBERS

Am 28. Mai 1606 tötete der Maler Michel Angelo Merisi da Caravaggio auf dem Campo Marzio (Marsfeld) in Rom einen Mann namens Ranuccio Tomassoni. Caravaggio war zu diesem Zeitpunkt bereits mehrfach in Haft gewesen, aus unterschiedlichen Gründen: Gewalttätigkeit, Überfall, unerlaubter Waffenbesitz, allgemeine Ruhestörung, Beleidigung. Gleichzeitig galt er als der offensichtlich bedeutendste zeitgenössische Maler Roms, wahrscheinlich Italiens und möglicherweise ganz Europas. Sein Spezialgebiet war die religiöse Malerei, besonders Altarbilder mit biblischen Motiven.

Nach der Tat floh er aus dem Kirchenstaat und wurde *in absentia* zum Tode verurteilt. Mehrere seiner einflußreichen Gönner versuchten jedoch, eine Begnadigung zu erreichen, was im Sommer 1610 auch gelang. Zu dem Zeitpunkt, als Papst Paolo V. Borghese die Begnadigung unterzeichnete, war Caravaggio jedoch bereits unter unklaren Umständen zu Tode gekommen.

1996 wurden die Berichte, die hier vorgelegt werden, im *Archivio Segreto Vaticano*, genauer gesagt im *Archivio Borghese* gefunden (ms. reg. no. 1276). Sie werden hier *in extenso* in der Übersetzung des Herausgebers wiedergegeben, wobei offensichtliche Schreibfehler und Inkonsequenzen in den lateinischen Ausdrücken, die im Text hier und da vorkommen, korrigiert wurden.

Direkt wie indirekt geht aus diesen Berichten hervor, daß sie als Grundlagenmaterial für die Behandlung der Begnadigungssache durch den Heiligen Stuhl in Auftrag gegeben wurden. Sie erweisen sich als eine Art Zeugenaussagen, geschrieben unter dem

Druck der damaligen Kurienkanzlei. Einer der Berichterstatter, ein gewisser Innocenzo Promontorio, schreibt länger und ausführlicher als die anderen, was zu der Annahme verführen könnte, er habe etwas mit der Auftragserteilung zu tun gehabt.
Eine solche Theorie stößt allerdings auf bestimmte Schwierigkeiten, die im Nachwort erläutert werden, in Verbindung mit einer Beurteilung der Echtheit und historischen Glaubwürdigkeit der Berichte.

Roma, d. d.

## *Bericht des Innocenzo Promontorio*

I | Ich gehe immer dorthin. Ich folge St. Peters Weg zum Martyrium, den steilen Südhang des Gianicolo-Hügels hinauf, zu dem er sein Kreuz tragen mußte. Die kleine Kirche steht da aus ebendiesem Grund, an derselben Stelle errichtet, wo des Meisters Schüler ans Kreuz genagelt und dieses auf den Kopf gestellt wurde, seinem letzten Wunsch entsprechend.

San Pietro in Montorio. Die ganze Stadt liegt unter mir. Das schöne, warme Abendlicht verklärt die Zerbrechlichkeit; läßt all die häßlichen, heidnischen Ruinen außerhalb der Stadt leuchten, verleiht der dichten Ansammlung von Häusern beiderseits des Tibers Hunderte von Nuancen in Gold und Rot. Die Kirchen und Paläste aber ragen auf wie Klippen, Seezeichen zwischen den wogenden Dächern.

Die Franziskaner hier in der Kirche kennen mich, und sie lassen mich in Frieden. Die Minderbrüder gehen still umher, sehen mich vor dem Fresko mit dem gegeißelten Christus in der Seitenkapelle ganz rechts vor der Tür eine Kerze anzünden. Sie wissen wohl, daß ich nicht hierher komme, um über Petri Martyrium zu meditieren, um seinem Leidensweg auf den Hügel von Santa Maria della Scala am Rand von Trastevere und hierher zu folgen, zu dem Ort, wo Petrus seine Berufung vollendete und wahrhaftig zu einem Fels wurde.

Es ist still hier oben. Der einfache Römer ist nicht so auffallend fromm, daß er den weiten – und beschwerlichen – Weg hierher nimmt. Ich kann auf den Stufen vor der Kirche sitzen, solange ich will. Die Mönche wissen, daß ich hier bin, um ein anderes Martyrium als das Peters zu feiern: das gewöhnlicher, sündiger Menschen, banal, alltäglich. Ich gedenke des jähen Todes und des unbegreiflichen Leidens, ganz ohne die erhabene Bedeutung, die das Ende Petri zum Symbol von Licht und Finsternis, Freude und Schmerz macht.

Die Franziskaner sagen nichts. Aber sie waren es, die Beatrice Cencis Körper aufgenommen und ihm ein Grab gegeben haben.

Unsere Zeit ist keine glückliche Zeit.

Die Zeichen sind deutlich genug. Sogar am Himmel kann man sie sehen. Neue Sterne tauchen auf, verirrte Vagabunden in der Großen Ordnung; sie künden unmißverständlich von Chaos, Krieg und Erdbeben. Von blutroten Kreuzen wird erzählt, die plötzlich an den Füßen der Menschen erscheinen, halb oben auf dem Spann; an derselben Stelle, wo der Nagel in Christi Fuß gehämmert wurde. Die Farbe der Kreuze wechselt nach Gelb, bevor sie verschwinden, zweifellos ein Zeichen für bevorstehende Seuchen und die Pest.

Aber wir brauchen diese Zeichen nicht. Wir brauchen nicht einmal die Berichte über Vatermord und *crimen bestialitatis*[1]. Es genügt, hinaus auf die Straßen und Gassen zu gehen und das gewalttätige, unmoralische und lasterhafte Leben zu studieren, das sich dort abspielt. Friedliche Bürger werden beleidigt oder sogar überfallen und beraubt. Ehrbare Frauen werden belästigt, während die zu Fall Gekommenen sich schamlos anbieten. Viele behaupten, daß die sechstausend Jahre, welche Unserem Herrn in seiner göttlichen Gnade als Grenze für das Alter der Welt zu setzen gefiel, bald ablaufen werden. Die endgültige Auflösung nähert sich, der Jüngste Tag, da ein größerer Richter über uns befinden wird.

1 Geschlechtsverkehr mit Tieren (Anm. d. Hrsg.)

Dies möchte ich gleich zu Anfang meines Berichtes deutlich sagen, da ich mir darüber klar bin, daß meine eigene Rolle darin nicht nur die des Berichterstatters ist. Ich habe selbst an Handlungen teilgenommen, die leider die Summe der Laster vergrößert haben, ebenso wie mein Freund, der, über den ich schreibe. Soll mein Bericht jemandem helfen können, muß er jedoch wahrheitsgemäß sein.

Dies ist die Geschichte eines Malers und eines Mordes, aber auch eines Mannes, der seinen Glauben verlor und ihn wiederfand. Dieser Bericht wird folglich gar nicht von Beatrice Cenci handeln. Dennoch schreibe ich ihn auch für sie. Laßt mich deshalb zunächst erzählen, was sich am 12. Februar a. D. 1599 zutrug, um so mehr, als mein eigentlicher Bericht in gewisser Hinsicht auch mit diesem Datum beginnt.

Die grotesken Ruinen, die bis heute unsere Stadt umgeben, sind, wie es heißt, Reste enormer Bauwerke, errichtet von den heidnischen Kaisern. Von den Untaten all dieser fürchterlichen Potentaten zweifellos die schlimmste ist die Mißhandlung und Tötung guter Christen, in großen Spektakeln mit wilden Tieren und professionellen Faustkämpfern.

Derartiges geschieht nicht bei den Fürsten unserer Zeit. Gleichwohl ist die Ausübung von Gerechtigkeit zu einer Art öffentlichem Spektakel geworden. Ich bin mir darüber im klaren, daß dieser Brauch einen moralischen Zweck hat. Er soll dem Publikum die entsetzlichen Folgen zeigen, die die Sünde nach sich zieht, nicht nur in der Ewigkeit, sondern schon in unserem unvollkommenen irdischen Dasein. Die Menschen sollen *sehen*, wohin die bösen Gelüste und Taten führen, die Schreie der Sünder *hören*, wenn die Gerechtigkeit sie trifft.

Über die Schuld Beatrices will ich hier nicht sprechen, um so mehr, als jede Diskussion über die Angemessenheit des Urteils ausdrücklich verboten wurde, ein Verbot, das heute noch in Kraft ist. Außerdem war ich zu dieser Zeit vielleicht außerstande, ihre Schuld zu sehen. Sie selbst gestand unter der Folter, daß sie an den Plänen zur Tötung ihres Vaters beteiligt war, behauptete aber, das Motiv sei gewesen, daß er unaussprechliche Gewalttaten gegen sie habe begehen wollen, Taten, so völlig *contra naturam* zwischen Vater und Tochter, daß sie jede denkbare Verteidigung entschuldigten. Vielleicht hätte es anders ausgehen können, hätte sie dieses gleich angeführt. Jetzt leugnete sie jede Schuld, um diese Erklärung dann erst vorzubringen, als der Folterknecht ihr langsam ein Fingergelenk im Schraubstock zermalmte. Laßt mich nur anmerken: Niemand zweifelte daran, daß Francesco Cenci einer der übelsten Schurken war, die ihre unwürdigen Schritte auf unsere fruchtbare Erde gesetzt haben. Falls seine Familie – und darunter Beatrice – wirklich dafür gesorgt hat, ihn ums Leben zu bringen, haben sie zwar eine große Sünde begangen, aber sie war nicht grundlos.

Ich spüre, wie mir die Feder versagt, wie ich davor zurückscheue, die wenigen Sätze zu schreiben, die das schildern sollen, was an diesem Tag im Februar auf dem Ponte Sant' Angelo geschah. Zuerst muß ich jedoch zugeben, daß ich nicht selbst dabei war. Die Schilderung habe ich von ihm, der mein Freund war, dem Maler, der allmählich die Hauptperson in meinem Bericht werden wird.

Obwohl alle vier – Signora Cenci und die drei Kinder – zum Tode verurteilt wurden, gefiel es Seiner Heiligkeit, den jüngsten Sohn, Bernardo, auf fünfzehn Jahre zu begnadigen. Er mußte sich jedoch während aller Hinrichtungen beim Schafott aufhalten. Er sollte dabei assistieren, das Beil dem Henker überreichen, aber er fiel so oft in Ohnmacht, daß er eher tot war als lebendig, während das Ganze vonstatten ging. Danach wurde er unverzüglich auf die Galeeren geschickt.

Rom hat in unserer Zeit nie eine so große Volksmenge versammelt gesehen. Vom Palazzo Orsini bis zur Tor di Nona, ja, ganz hinunter bis San Giovanni de' Fiorentini standen Wagen und Pferde dicht an dicht. Etliche Menschen wurden in dem Gedränge getötet, einige fielen unter die Pferde, und einige wurden einfach totgequetscht. Aus der Menge kamen drohende Rufe, als Beatrice, ihre Mutter Lucrezia und ihr Bruder Giacomo aus der Burg heraus und zum Schafott geführt wurden, das mitten auf der Brücke aufgebaut war. Jemand schrie: »Tod der Vatermörderin!«, aber die meisten riefen, sie sei unschuldig. Es schmerzt mich zutiefst, das zu erzählen, aber es fielen sogar Schmährufe gegen Seine Heiligkeit selbst.

Der achte Clemens – selig sei sein Andenken in Ewigkeit – war allerdings nicht persönlich anwesend. Er feierte zur gleichen Zeit in San Giovanni in Laterano eine Messe für die Seelen der Verurteilten.

Nun, zur Sache: Mutter Lucrezia war ohnmächtig. Einige sagen, daß sie schon vor Angst gestorben war, und ihr Kopf wurde ohne weiteres vom Körper getrennt.

Beatrice aber war lebendig, und alle sind sich darüber einig, daß sie in ihrer Blässe schöner war als je zuvor. Sie rief aus, Gott dürfe denen nie vergeben, die dieses Unrecht geschehen ließen, und die Menge antwortete ihr so erregt, daß die Wachsoldaten begannen, die Leute mit Gewalt zurückzutreiben, wobei noch mehr verletzt wurden. Unter diesen war mein Freund, der Maler, der einen Keulenhieb auf die Schulter bekam. Der Tumult war so heftig, daß der Henker es nicht wagte, länger zu warten, sondern das

Mädchen mit den auf den Rücken gebundenen Händen auf die Knie zwang, während sie noch sprach.
Dann schlug er zu. Mein Freund stand so dicht dabei, daß er den Blutstrahl sehen konnte; ja, er schwor darauf, daß er Beatrices Ausdruck *nach* der Enthauptung habe sehen können, wie weiterhin Zuckungen von Haß und Verachtung das schöne Gesicht überzogen, während der Kopf vom Schafott herab und über die Brücke rollte. Der Henker ließ ihn liegen. Er hielt ihn nicht an den Haaren hoch und der Menge hin wie gewöhnlich. Es war, als hätte er Angst davor, daß der blutige Kopf weiter Verwünschungen ausstoßen und die Menge noch mehr erregen würde.
Aber der Anblick hatte seine Wirkung getan. Die Brandung des Volksmeeres donnerte nicht mehr. Es kamen nur wenige und schwache Rufe, als Giacomo aufgestellt, von vier Soldaten festgehalten und mit in einer kleinen Esse zum Glühen gebrachten Eisenzangen gemartert wurde, so daß der Geruch von verbranntem Fleisch sich mit seinen Schmerzensschreien mischte. Dann wurde er zum Schafott geschleift und stürzte zu Boden. Der Henker schlug ihm mehrfach mit einer großen Holzkeule auf den Kopf. Vielleicht starb er daran, ehe ihm der Hals durchgeschnitten wurde wie bei irgendeinem Tierkadaver. Danach wurde der Körper gevierteilt und weggeworfen wie blutiger Schlächtereiabfall.
Beatrices Kopf und Körper jedoch wurden kurz darauf, als in den Straßen der Stadt wieder ein Vorwärtskommen war, geholt und hierher zu den Franziskanern in San Pietro in Montorio gebracht, von wo ihr mißhandelter Leib, wenn die Zeit erfüllt ist, wieder auferstehen wird. Sie ruht also in geweihter Erde. Wie dies möglich war, darüber möchte ich mich nicht äußern.

II | Nun gut. All diese ungeheuerlichen Details von der Hinrichtung bekam ich bei unzähligen Gläsern Grappa am selben Abend zu hören. Danach erbrach ich mich jämmerlich in den Rinnstein draußen vor dem Wirtshaus und mußte etliche höhnische Zurufe ertragen.

Als ich am nächsten Morgen aufwachte, war ich nicht nur im Gefängnis gelandet und fühlte, wie eine Kohorte kleiner Teufel in meinem Körper rumorte; ich hatte den Glauben verloren, daß die Wahrheit nur eine und unteilbar ist. Von diesem Abend an wurde Die Zweideutigkeit mein neuer Gott. Und ich brauchte nicht lange zu suchen, bis ich die Symbole meiner neuen Gottheit fand.

Es sind die Päpste selbst, die für die Aufstellung der Obelisken gesorgt haben, und ich fechte ihre Entscheidungen selbstverständlich nicht an. Aber für ungefestigte Seelen, wie ich selbst eine war zu dieser Zeit ... Sind sie nicht höchst zweideutige Zeichen, wie sie da auf so vielen Plätzen hier in der Stadt einen Finger gen Himmel strecken? Ha, wer sagt, daß es ein *Finger* ist? Die Gebildeten behaupten, der große Steinphallus auf der Piazza del Popolo sei einst eine Huldigung an den Sonnengott gewesen. Jedenfalls ist es eine Tatsache, daß der selige Sixtus V., der so viele großartige Unternehmen zur Erneuerung der Stadt in Gang gesetzt hat, auch diesen Koloß versetzen ließ, und zwar von da, wo der Circus Maximus der Heiden war, zu diesem dominierenden Platz gleich vor der Kirche, wo die ehrwürdige und schöne Madonna di Popolo von so vielen frommen Seelen angebetet wird, einer Kirche, die im Bericht über meinen Freund, den Maler, auch eine Rolle spielt.

Zweideutigkeit? Zwar ließ Seine Heiligkeit diesen und die anderen Obelisken mit Weihwasser besprengen und schmückte ihn an der Spitze mit einem Kreuz. Zwar mag es ein wohlgefälliges Werk sein, ein Triumph der Kirche: das heidnische Monument zu bekehren; diesen Zeigefinger des Teufels – oder sein Geschlechtsteil – dazu zu zwingen, die Aufmerksamkeit hinauf zum Herrn in seinem Himmel zu lenken.

Aber die Zeichen an den Seiten des Kolosses stehen immer noch da, unheilverkündende Bilder. Es sind keine gewöhnlichen Bilder, sie haben eine düstere Bedeutung, selbst wenn wir sie nicht lesen können. Wie können wir wissen, daß diese Zeichen, die Vogelköpfe, die Löwenkörper, nicht einen so starken Fluch enthalten, daß er sich jeden Weihwassers und aller Gebete entzieht? Wie können wir wissen, daß es wirklich die Kirche ist, die triumphiert, wenn diese dunklen, schlanken Steinsäulen auf den wichtigsten Plätzen in unserer Ewigen Stadt aufgestellt werden?

Selbst auf dem Platz vor der St. Peterskirche, die sich jetzt über den alten vatikanischen Wiesen erhebt, wo der Apostel schließlich sein Grab fand – selbst *da* ließ der gute Sixtus eines von diesen Steinungetümen aufrichten. Dieser Obelisk hat zwar keine Inschrift, aber ist er deshalb in seiner finsteren Stille nicht mindestens ebenso unheimlich? Damit nicht genug – Seine Heiligkeit mußte 900 Arbeiter, 150 Pferde und 47 Kräne abkommandieren, um das Monster verlegen und aufstellen zu lassen. Dennoch wäre es beinah mißlungen; man erzählt ja davon, wie Sixtus der Zuschauermenge während des Aufstellens selbst absolute Ruhe befahl, unter Androhung der Todesstrafe, und wie ein Seemann in der Menge das Ganze rettete, indem er das Verbot brach und ausrief, man müsse die Taue naß machen, bevor sie rissen.[2]

2 Der Seemann soll zur Belohnung das Exklusivrecht erhalten haben, am Palmsonntag die Peterskirche mit Palmlaub zu versorgen, und damit die Grundlage für die Palmenproduktion in Bordighera gelegt haben. (Anm. d. Hrsg.)

Ich frage mich, ob diese titanische Investition nicht für etwas anderes hätte eingesetzt werden können – nicht weil ich das Urteil des Heiligen Vaters anzweifelte, sondern weil jede menschliche Aktivität eine Entscheidung ist. Unsere Handlungen sind uns nicht von der Natur vorgegeben; vollzieht man *eine*, schließt das eine andere aus.

Nein, nein. Jetzt springe ich allzu planlos in meinem Bericht. Ich, der ich mich meines klaren Verstandes zu rühmen pflegte, welcher die Dinge rasch erfaßte und sie in ihren richtigen Zusammenhang brachte! Ich muß zurück zur Osteria della Torretta in der Nähe der Via della Scrofa, wo ich die Schilderung der Hinrichtungen hörte und mich danach besinnungslos betrank.

Es war mein Freund, der Maler Michel Angelo Merisi, der mir von den grauenvollen Szenen auf dem Ponte Sant' Angelo erzählte und der damit in meinen Bericht eintritt.

Merisi heißt die Familie. Den Engelsnamen hat er wohl von einem bekommen, der den Hang der Merisis zur Hitzigkeit kannte, in der Hoffnung, er werde dem Träger ein sanfteres Gemüt schenken. Wäre das der Fall, hätte er vermutlich nicht nach dem kriegerischen Anführer der himmlischen Heerscharen benannt werden sollen.

Übrigens nennen ihn die meisten einfach Caravaggio, nach dem kleinen Ort in der Nähe von Bergamo, aus dem die Familie stammt.

Der Maler ist kein großgewachsener Mann. Zur Zeit der Hinrichtung von Beatrice Cenci war er noch keine dreißig. Seine schlanke, geschmeidige Gestalt ist unaufhörlich in Bewegung, so von Unruhe erfüllt, daß er nicht ruhig an einem Tisch sitzen kann – ja, selbst wenn er malt, sind die Bewegungen sonderbar heftig. Das Gesicht ist nicht bemerkenswert – wenn er Frauen offensichtlich gefällt, muß das am *Blick* liegen, den dunklen, braunen Augen, die innehalten und *sehen*. Es ist der Blick des Malers, der sichtbar macht, auf ewig. Die Frauen sehen sich selbst in diesem Blick, glaube ich, oder den Traum von sich selbst. Und seine Augen sind um so wirkungsvoller, da seine großen, schönen Brauenbögen beinahe einen Halbkreis bilden. Die Haare waren – als ich ihn zuletzt sah – halb lang, voll und leicht gelockt, obwohl selten sonderlich geordnet. Damals hatte er einen Schnurrbart und einen ganz hübsch gestutzten Kinnbart, der die Sinnlichkeit seines Mundes nicht verbergen konnte.

Anna Bianchini war mit uns zusammen an diesem Abend. Sie mochte mich nicht, ertrug aber meine Gesellschaft, um am selben Tisch wie Michel sitzen zu können. Ich wußte genau, warum sie mich nicht leiden konnte, schuld daran war eine dumme Geschichte vor ein paar Jahren, als Michel, der Maler Prospero Orsi und ich einmal in einer Osteria saßen. Da kam Anna mit zwei Freundinnen herein. Michel sah sie mit diesem Blick an und sagte halblaut zu uns:

»Seht euch Anna an, seht, was für einen herrlichen Hintern sie hat!«

Aber Anna hörte, was er sagte, vielleicht war das auch Absicht. Jedenfalls drehte sie sich um zu uns und sagte laut:

»Vielleicht hast *du* auch einen herrlichen Hintern, Maler, aber mit dem hab *ich* leider nichts zu tun ...«

Michel saß ruhig da, aber ich stand auf, ging zu Anna und gab ihr eine Ohrfeige. So etwas sollte sich ein Mann an einem öffentlichen Ort nicht bieten lassen müssen. Anna sah aus, als wollte sie auf mich losgehen, aber statt dessen kam der Wirt – der übrigens zu jener Zeit ihr Zuhälter war – und sagte, alle sollten friedlich sein, sonst müßten wir gehen.

Danach aber wurden Michel und die rothaarige Anna so etwas wie Freunde. Er benutzte sie mehrere Male als Modell. Es war nicht zu übersehen, daß sie den Maler liebte, obgleich vielleicht nicht auf die handfeste Weise, die sie zu ihrer Profession gemacht hatte – darüber weiß ich wenig. An dem Abend, als wir dasaßen und Grappa tranken, nach den Hinrichtungen auf dem Ponte Sant' Angelo, mußte ich an *Die reuige Magdalena* denken.

Dies ist wahrlich ein Gemälde mit doppeltem Boden: Anna als Magdalena, Modell als Wirklichkeit, die Hure verkleidet als Hure – oder vielleicht waren es nur wir, die das Bild so sahen, wir, die den Maler und sein Modell kannten. Es ist ein sanftes Bild, recht unähnlich denen, die Michel später malen sollte, ganz ohne sein wildes, schneidendes Licht. Die Hautfarben von Annas Hals und Gesicht sind gedämpfte Goldtöne. Das schöne, rote Haar liegt im Schatten, die Seidenbluse fällt leicht und zart um sie, das Damastkleid zeigt scharfe Nuancen von Braun und Gelb. Nur der rote Mantel, den sie trägt, wie zum Schutz halb in ihn eingehüllt, ist wirklich dramatisch, bringt fast handgreiflich die Schuld, die Sünde ins Bild. Und dann der Gesichtsausdruck, der niedergeschlagene Blick, so sanft, aber gezeichnet von einer großen Trauer.

So war das Bild. Die kleine Hure Anna Bianchini dagegen war keine reuige Magdalena, als sie an unserem Tisch saß, an dem Tag, da Beatrice Cencis Kopf über den Ponte Sant' Angelo rollte. Selbst nach vielen Jahren in Rom schnarrte es vor raspelnden toskanischen Hs in ihrer Sprache. *Sie* war nicht auf der Brücke gewesen und hatte die Hinrichtungen nicht gesehen. Sie war ihrer Arbeit nachgegangen. Nach einer solchen Vorstellung waren die Freier wie wild, erzählte sie. Sie standen vor den Bordellen Schlange. Und der Furor ging drinnen weiter, wo sich erregte

Männer über die Frauen warfen, als hätte sie der Anblick von rollenden Köpfen, Blut und frischen Eingeweiden in einen fleischlichen Taumel versetzt, die Lüste zur Ekstase hochgepeitscht. Mehrere der Huren hatten nach ihren Kupplern rufen müssen, da sie um Leben und Gesundheit fürchteten.

Ach ja, du, Anna Bianchini, ich erinnere mich mit Wehmut an dich, du kleine Hure, mit einem blauen Mal am Hals von einem blutrünstigen Freier, der verlangt hatte, dich während des Aktes erwürgen zu dürfen, oder jedenfalls so zu tun. Die Sittlichkeit in unserem heiligen Rom, der Hauptstadt der Christenheit, läßt wohl etwas zu wünschen übrig. Böse Zungen (und davon gibt es viele) behaupten, schuld daran sei der große Überschuß an Männern in unserer Stadt. Hier sind nicht nur Kardinäle und Prälaten in Scharen, alle, die ihr Leben der Jungfrau und keiner anderen Frau geweiht haben, hier sind alle Arten von Repräsentanten, Informanten und Gesandten; aus sämtlichen italienischen Staaten und Höfen, aber auch aus den entlegensten Ländern. Aber von dergleichen hast du ja gelebt, du arme, rothaarige Kleine!

Es gibt übrigens mehrere Gründe dafür, daß ich mich trotz des heftigen Rausches an diesen Abend erinnere, jetzt, so lange danach. Ich traf damals sowohl Fillide Melandroni als auch Ranuccio Tomassoni – und kam zum ersten Mal in meinem Leben ins Gefängnis.

III | Wie gesagt, nach den Grappas übergab ich mich jämmerlich in den Rinnstein, nach Michels Schilderungen der Hinrichtungen und Annas Geschichten über Freier im Blutrausch, die mit *gladius seminis*[3] auf sie losgingen, als wollten sie sie mit einem tatsächlich frischgeschliffenen Schwert zerteilen.

Aber ich durfte nachher nicht zu mir nach Hause gehen. Anna und Michel – der Maler fluchte noch immer über Schmerzen in der Schulter von dem Keulenschlag – schleppten mich quer durch die Stadt zur Via Condotti. Es war vielleicht zwei Stunden nach dem Ave-Maria, wir konnten folglich jederzeit von der Polizei angehalten werden. Michel trug ohne Genehmigung ein Schwert, Anna war eine Hure und durfte sich zu dieser Tageszeit nicht draußen zeigen. Aber sie waren zügellos und betrunken, alle beide, wie sie da Arm in Arm gingen und unanständige Lieder sangen, als gälte es geradezu, Aufmerksamkeit zu erregen.

Schon zwei Häuserblocks entfernt hörten wir den Lärm aus Fillide Melandronis Haus. Wir klopften, aber es dauerte lange, bis drinnen jemand das Signal erkannte. Unterdessen sangen die beiden weiter, Michel mit einem klaren, hellen Tenor, der gut durch die Nacht trug.

Schließlich kam Fillide heraus.

Signorina Melandroni war damals eine Frau Mitte zwanzig, würde ich vermuten, obwohl ich zugeben muß, daß mein Einschätzungsvermögen bezüglich des Alters von Frauen nicht das beste ist. Insbesondere bei Huren, die in berufsmäßiger Absicht allerlei verjüngende Einfälle und Künste anwenden. Sie war mittelgroß und gut gebaut; hatte üppiges, braunes Haar, das sie hochgesteckt trug, so daß die Ohren frei lagen. An diesen hingen

3 »Schwert des Samens«, metaphorischer Ausdruck für Penis (Anm. d. Hrsg.)

schwere Ohrgehänge, jedes mit einer Traube von kleinen Perlen, wie ein neckischer Protest gegen das *Gesetz über Verschwendung und Luxus*. Als Michel sagte, wer ich sei und weshalb wir kämen, senkte sie nicht den Blick, wie man hätte erwarten können, sondern sah mir direkt ins Gesicht, mit klaren, grünbraunen Augen, wovon das linke leicht schielte.

Michel sagte nämlich:

»Sieh mal, Fillide, dieses Wrack ist mein Kamerad Innocenzo. Ich hab ihn mitgebracht zu dir, damit du ihn von seinem Namen befreist!«

»Nein, heut abend wollen wir uns amüsieren«, sagte Fillide freundlich. »Er soll während der Arbeitszeit wiederkommen!«

Drinnen im Haus waren drei Männer. Einen von ihnen kannte ich, es war der Architekt Onorio Longhi, Michels bester Freund. Die beiden anderen waren offenbar Brüder.

Beide waren größer als mittelgroß und kräftig, mit langem, braunem Haar. Der Ältere hatte mehrere Narben im bartlosen Gesicht, wie ich es bei Kriegsveteranen gesehen hatte. Beide trugen Dolche im Gürtel.

Sie hießen Giovan Francesco und Ranuccio Tomassoni. Giovan war der Ältere und meist schweigsam, Ranuccio benahm sich, als sei er bei sich zu Hause.

Es wurde weitergetrunken und über den Krieg geredet. Onorio Longhi war Militärarchitekt in Flandern gewesen, Giovan Francesco Hauptmann während des unglückseligen Kriegszuges gegen die ungläubigen Türken, aus dem von einem Heer von mehr als siebentausend nur zweitausend Seelen zurückkehrten. Aber der Hauptmann war nicht von der gesprächigen Sorte. Es war Longhi, der redete; er ließ sich aus über Soldaten mit weggeschnittenem Schädeldach, zerquetschten Beinen und heraushängenden Gedärmen. Er schilderte, wie der Feind aneinandergekettete Kanonenkugeln abfeuerte. Sie schwirrten durch die Luft, und wie die Sichel des leibhaftigen Todes schnitten sie alles ab, was ihnen in den Weg kam.

Onorio war ein guter, wenn auch etwas lauter und umständlicher Erzähler. Giovan Francesco aber wurde noch stiller, murmelte etwas von großen, öden Sümpfen, von einem Troß, der sich festfuhr, so daß das Essen nie ankam, von Kameraden, die die Ruhr auf die entwürdigendste Weise um Kraft und Leben gebracht hatte.

Erst als der mürrische Soldat aufstand und ging, während der Bruder sitzen blieb, begriff ich, daß Ranuccio Fillides Freund und Beschützer war. Da sah ich auch, wie die Augen der Hure am Gesicht meines Freundes, des Malers Michel, hingen. Zu diesem Zeitpunkt rezitierte der Architekt Longhi gerade ein Gedicht, das er selbst geschrieben hatte, Anna Bianchini schlief in einem Zimmer nebenan, und Michel versuchte, zu meiner etwas wackeligen Lautenbegleitung zu singen.

Dann kam die Polizei, und meine Freundschaft mit dem Maler Michel Angelo Merisi da Caravaggio brachte mich zum ersten Mal in Kontakt mit den Ratten und Kakerlaken im Keller der Tor di Nona. Leider sollte es nicht das letzte Mal sein.

## IV

Am Tag darauf war Aschermittwoch. Der Karneval war endgültig vorbei. Vor Santa Maria della Pace, wo einst die Statue der Jungfrau, getroffen vom Stein eines Lästerers, zu bluten begonnen hatte, standen Leute, die in die Frühmesse wollten, um sich das Aschenkreuz auf die Stirn zeichnen zu lassen. Auch ich selbst fühlte mich ziemlich bußfertig, allerdings eher *hinter* der Stirn. Ich versuchte, etwas Sinn in das zu bekommen, was der Gefängniswärter gesagt hatte, als er uns freiließ. Seine Exzellenz Francesco Maria Bourbon del Monte, Kardinal und am Heiligen Stuhl Repräsentant für Großherzog Ferdinando de' Medici der Toscana, war ein eifriger Kunstsammler, und ich wußte, daß er mehrere Bilder von Michel gekauft hatte. Aber warum sollte er die Geldstrafen für Michels unverständige Einfälle bezahlen? Und vor allem, warum sollte dieser große Mann *meine* Geldstrafen bezahlen?

Auf der Piazza Navona war bereits Betrieb. Die Fastenzeit hatte begonnen, die große Zeit der Fischhändler war angebrochen; hier gab es Zahnbrassen und Karpfen, Aal, Hering und Dorsch, ein Kaufmann mit guten Verbindungen zum Süden hatte Schwertfische und auch Goldschleie herbeigezaubert, die frisch und appetitlich wirkten. Ich sah auch schöne, fette Frösche und natürlich den getrockneten *stoccafisso*, den wir zur Abwechslung in den Fastenwochen für teures Geld aus Norwegen beziehen.

Ich hatte Hunger. Wir drängten uns zwischen den Händlern durch und gingen die kleine Querstraße hinunter, bis wir vor dem Palazzo Madama standen.

Das stolze Bauwerk mit seinen strengen Fensterreihen in vier geräumigen Stockwerken *sah* auf uns herab. Aber Michel schaute nicht einmal hoch. Er machte ganz einfach die Tür auf und nickte dem Diener zu, der angelaufen kam und uns den Weg wies.

Ein neues Gemälde von Michel hing im Arbeitszimmer des Kardinals. *Amor als Sieger* war ein junger, schöner Knabe. Die Linien des Bildes liefen in seiner entblößten, pointierten, aber noch kindlichen, fleischlichen Zier zusammen, so daß der Gott – oder der Knabe – in seiner Nacktheit an die Grenze des Aufdringlichen stieß. Ansonsten war es ein hervorragendes Bild. Brust und Bauch des Knaben, ganz zu schweigen von seinen runden, kräftigen Schenkeln, waren modelliert wie von einem Bildhauer. Das Gesicht war lebendig und lebhaft, sein vages Lächeln konnte man als Verlegenheit, aber auch als Aufforderung interpretieren. Um diesen Amor herum lagen, zufällig fallen gelassen, beinah weggeworfen, Musikinstrumente, Bücher und Teile einer Rüstung: So besiegt die Liebe alle anderen irdischen Tätigkeiten!

Es war ein beunruhigendes Bild für einen Raum, der der ernsthaften Arbeit eines Kardinals geweiht war. Aber es bewies zweifellos, daß del Monte ein Kenner war, einer, der Bilder danach beurteilte, wie sie gemalt waren, und nicht nach dem Motiv, wie schlichte Gemüter es tun.

»Einer meiner Leute hat mich bereits heute nacht von dem Spektakel in der Via Condotti unterrichtet«, sagte der Kardinal. »Ich muß schon sagen, liebe Freunde – Besäufnis, Krach und Schlägerei bei einer Hure!«

»In einer stinkvornehmen Umgebung mit lahmen Schwänzen und drögen Fotzen«, antwortete Michel ruhig. »Jemand muß *gli sbirri*[4] alarmiert haben. Wir hatten nicht mehr Krach als sonst. Ich hab mich nicht mal mit diesen Hurensöhnen aus Terni geschlagen.«

»Du meinst offenbar die Brüder Tomassoni, Maler«, sagte del Monte, etwas schroff, aber nicht unfreundlich.

»Nur zwei von denen. Die sitzen übrigens noch in der Tor di Nona, als Fressen für die Kakerlaken.«

»Das sind Farneses Männer«, sagte der Kardinal. »Laßt den Teufel für die Seinen sorgen. Ich habe mehr als genug mit meinen eigenen Schlingeln.«

4 volkstümlich oder vulgär: »die Bullen« (Anm. d. Hrsg.)

Hier versuchte ich, mich einzumischen, um mich dafür zu bedanken, daß del Monte auch mich befreit hatte, aber er unterbrach mich.

»Ich gedenke, ein gutes Werk zu tun«, sagte er. »Ich will euch zwei Hitzköpfe vor Schande und Untergang bewahren, indem ich euch hier im Palazzo Madama aufnehme. Ihr bekommt Kost und Logis wie Diener unseres Vertrauens und selbstverständlich die übliche Bezahlung für Dienste – das heißt für deine Gemälde, Michel. So können wir dich nicht mehr auf der Straße herumlaufen lassen. Ehe wir uns versehen, landest du auf den Galeeren, und was, glaubst du, wird aus den weichen Malerhänden, wenn dir der Rücken gepeitscht wird, damit du mit den dicken Riemen den Takt hältst?«

Michel hob die schönen, gebogenen Augenbrauen:

»Ist das ein Angebot, Kardinal? Haben wir eine Wahl?«

»Ja, den Keller unter der Tor di Nona«, sagte del Monte. »Oder, ich habe wohl ein klein wenig Einfluß, also kann ich versuchen, euch nach Sant' Angelo überführen zu lassen. Da ist es sicher trockener, aber die Schreie der Gefolterten und zum Tode Verurteilten sollen ziemlich enervierend sein, habe ich gehört.«

»Und was ist mit mir?« brachte ich heraus. »Eure Eminenz, ich bin ja kein Maler oder Künstler, ich weiß nicht, was für Dienste ich als Gegenleistung bieten kann ...«

»Zunächst wirst du nach Padua reisen, junger Mann«, sagte der Kardinal. »Obwohl, zuallererst, glaube ich, würde uns ein kleiner Imbiß guttun. Und ein Schluck Wein. Wahrhaftig, ich glaube, daß bei euch beiden die Körpersäfte noch ernstlich im Ungleichgewicht sind.«

V | Von meinem Aussichtspunkt bei San Pietro in Montorio sehe ich die wunderbare Kuppel des uralten Bauwerks Santa Maria ad Martyres, das die alten Heiden allerdings Pan Theon nannten, den Tempel für alle Götter. Mit ihm als Peilpunkt zwischen allen Dächern finde ich problemlos den Palazzo Madama und kann daraus schließen, wo die Piazza Navona liegt, unten zwischen den Gebäuden gleich dahinter.

Ich ging also nach Padua, während der Maler aus Caravaggio beim Kardinal einzog. Die nächsten Jahre über war ich deshalb auf Berichte und sporadische Besuche in der Stadt angewiesen, um die wahrlich bemerkenswerte Laufbahn meines Freundes zu verfolgen.

Aber ich war noch nicht abgereist, als Michel wieder verhaftet wurde, an einem der ersten Tage im Mai. Sein Vergehen war, daß er ohne die erforderliche Genehmigung auf offener Straße ein Schwert trug, und außerdem noch ein gefährliches Gerät, das der Polizist als »einen sehr großen Zirkel« bezeichnete. Zu seiner Verteidigung führte Michel an, er sei »einer von del Montes Leuten« und habe daher mit Erlaubnis seines hohen Beschützers das Recht, sich nach Wunsch zu bewaffnen. Damit kam er durch, abgesehen davon, daß ihn der Zirkel beinah in größere Schwierigkeiten gebracht hätte als das Schwert.

Es ist nicht zu leugnen, daß Michel Angelo, trotz seines Engelsnamens, cholerisch war und meistens voll von gelber Galle. Was ihm mit am allerwenigsten gefiel, war die St.-Lukas-Akademie.

Hier muß ich leider ein paar Dummköpfe in meinen Bericht aufnehmen. Hoher Beschützer der Akademie war Kardinal Federico Borromeo. Zu dieser Zeit wurde das Institut von dem Maler Federico Zuccari geleitet, einem wahren Rindvieh, falls je ein solches in unserer Stadt gelebt hat. Zuccari berief sich nicht nur auf die Autorität der Kirche, sondern auch auf die des großen Raffael als Grundpfeiler seiner Akademie, und zur Eröffnung malte er ein Altarbild für die Kirche der Akademie. Das Bild zeigt den Schutzpatron der Maler, den heiligen Lukas, beim Malen der Muttergottes.

Das ginge gerade noch an, hätte der Dummkopf Zuccari nicht die unvorstellbare Frechheit besessen, seine schlüpfrige Schmiererei als – einen neuentdeckten Raffael auszugeben!

Und solchen Unsinn unterstützte leider Kardinal Borromeo, der, ein paar Tage nachdem Michel auf der Straße verhaftet und wieder freigelassen worden war, zum Palazzo Madama kam.

Sein Anliegen war der große Zirkel, eine Mordwaffe, die den armen *sbirro* anscheinend erschreckt und befremdet hatte. Michel hatte erklärt, das Ding sei schlicht und einfach eines seiner Arbeitsgeräte. Es war ein sogenannter Reduktionszirkel, den er dazu verwendete, Abstände und Maße von seinem Modell direkt auf die Leinwand zu übertragen.

Del Monte bat mich, anwesend zu sein, da dies für mich nützlich sein könnte. Michel selbst bekam dagegen den strengen Bescheid, sich weit fernzuhalten.

Der Kardinal beschwor uns, die ernsten Probleme zu bedenken, die entstehen könnten, verließe man sich nur auf die bloße Wahrnehmung. In den extremsten und unangenehmsten Fällen führe diese in die pure Ketzerei, argumentierte er, da der Mensch in seinem Hochmut absolut auf seine bedauerlich unvollkommenen Sinne vertraue, seine sogenannten »Beobachtungen«. Aber in seiner Hoffart könne der arme Mensch vergessen – oder nicht wünschen –, diese Beobachtungen mit den Philosophen, der Lehre der Kirche und dem klaren Wort Gottes zu vergleichen.

Ganz nebenbei wolle er die traurige Episode mit einem gewissen Giordano Bruno aus Nola erwähnen – zweifellos ein hochbegabter Mann, aber so unglückselig starrsinnig, gerade wenn es um die sogenannten »Beobachtungen« ging – der ausgerechnet jetzt tief im Castel Sant' Angelo sitze und einem höchst ungewissen Schicksal entgegensehe. Kurz gesagt – ohne erwähnen zu wollen, daß für den Künstler wie für den Naturwissenschaftler absolut dieselben Regeln gälten –, wolle sich der Kardinal seinem verehrten Kollegen del Monte gegenüber erdreisten, darauf hinzuweisen, wie bedenklich es sei, sich in seinen Bemühungen, Schönheit zu erschaffen, allzu stark an das Irdische und Unvollkommene zu binden, was, worauf dieser Reduktionszirkel hindeuten könne, der Maler Michel Merisi möglicherweise mache.

»Sehen wir uns eines seiner Bilder an«, brummte del Monte.

Er führte den Kardinal und mich in einen angrenzenden Raum. Dort hing Michels *Heilige Katharina von Alexandrien*.

Die weise und fromme Frau trug ein schwarzes Samtkleid, und selbst ein Borromeo konnte nicht umhin zu bewundern, wie Michel in den Falten des Kleides das Spiel zwischen Licht und Schatten eingefangen hatte. Die heilige Märtyrerin kniete auf einem roten Seidenkissen neben dem gespickten Rad, diesem schrecklichen Werkzeug, mit dem die Feinde des Glaubens versucht hatten, sie aus dem Weg zu schaffen, und das sie so wunderbarerweise überlebt hatte, wenn man den Berichten vertrauen will. In der Hand hielt sie das Schwert, das schließlich ihr Tod werden sollte, vor ihr aber lag eine Rute, als Zeichen für die Folter und Qual, die sie erleiden mußte, nachdem sie mit Hilfe ihrer von Gott verliehenen Weisheit nicht weniger als fünfzehn heidnische Philosophen bekehrt hatte.

Katharina selbst war jung und schön. Borromeo betrachtete ihr Gesicht näher. Ich hoffte inständig, es fiele ihm nicht auf, daß der Blick ziemlich direkt auf den Betrachter gerichtet war oder daß eine etwas bescheidenere Haltung sich mit Katharinas jungfräulichem Gemüt besser hätte vereinbaren lassen.

Aber es war ein brillantes Gemälde. Obwohl ich mich in eine peinliche Situation versetzt fühlte, sah ich, wie lebendig diese gemalte Frau war. Wie soll ich das erklären? Sie war nicht wie eine heilige Frau *gemalt*. Sie *war* eine Frau, aber so überzeugend gegenwärtig in ihrer heiligen Erscheinung, daß sie jeden Betrachter zum Gebet und zur frommen Einkehr führen mußte.

Dennoch dachte ich an den Keller unter Sant' Angelo und spürte, daß meine Hand leicht zitterte.

»Ein gutes Bild?« fragte del Monte.

Borromeo bekreuzigte sich feierlich und verneigte sich vor Katharinas schönem, reinem Gesicht unter dem schmalen Heiligenschein.

»Gemalt in meinem Auftrag«, sagte del Monte zufrieden.

»Ja, ja, hervorragend«, hüstelte der Kardinal. »Denkt darüber nach, was ich gesagt habe, vergeßt nicht, ich spreche keineswegs in eigener Sache. Bestellt das dem Maler Merisi.«

»Das wird dieser junge Mann erledigen«, nickte del Monte in meine Richtung. »Er ist Naturwissenschaftler und versteht sich auf Beobachtungen.«

»Hm, ach so!« sagte Borromeo. »Ich hoffe, sie verstehen sich darüber hinaus auf Gottes klares Wort, der Maler und dieser sein junger Freund.«

Damit ging er. Ich blieb vor der heiligen Katharina stehen, die mir mit ihrem sanften Blick Zugang zur Weisheit des Himmels versprach. Mir schwindelte, als hätte das Bild da an der Wand plötzlich eine Fallgrube enthüllt, eine lebensgefährliche Falle für den unschuldigen Betrachter.

Denn Katharinas schönes Gesicht gehörte durchaus keiner unschuldigen Heiligen. Es war das Gesicht von Fillide Melandroni.

VI | An dieser Stelle in meinem Bericht muß ich eine kurze Erklärung privater Natur abgeben, für die ich um Entschuldigung bitte.

Ich wurde in der höchst unbedeutenden kleinen Ortschaft Frassinocasa im Veneto geboren und kam als junger Mann nach Rom, auf der Suche nach Heil und Glück. Eine ganze Weile war ich glücklich, wenn auch – das darf ich gestehen – nicht immer gleichermaßen ehrlich und gottesfürchtig. Vielleicht hätte ein Schicksal ähnlich dem, welches die Familie Cenci traf, eines Tages auch mich einholen können.

Das Glück und das Unglück meines Lebens war die Freundschaft mit Michel, einem Mann so gänzlich außerhalb des Gewöhnlichen, so *über* dem Gewöhnlichen. Keiner konnte Blumen, Früchte oder Haut auf der Leinwand derart zum Leben erwecken wie er. Keiner konnte in eine triste Kneipe kommen und sie mit *Leben* füllen wie er.

Ich gebe es zu: Er wurde mehr als ein Freund. Er wurde derjenige, der meinem Leben den Inhalt, den Sinn gab, den ich an ganz anderer Stelle hätte suchen sollen. Möge unsere Heilige Mutter Fürbitte für mich einlegen – ich war dennoch glücklich, solange es dauerte.

Er *sah* mich. Ja, er benutzte mich als Modell. Er nahm meine jungen, runden, kräftigen Glieder und gab sie Johannes dem Täufer und Isaak auf der Opferbank. Es war großartig und entsetzlich zugleich: Während er mich mit dem Blick festhielt, waren wir keine Freunde mehr. Er war ein Herrscher, der Pinsel war ebenso absolut wie eine Peitsche, er schwang ihn mit kurzen Kommandos, und ich verdrängte die Müdigkeit in den Beinen, zwang die Gedanken weg von den Schmerzen im Rücken, genoß die prikkelnde Wärme des Raums auf meiner nackten Haut, der Haut, die er mir gern abgerissen hätte, wäre es für das Bild nötig gewesen, um so mehr, als sie auf der Leinwand strahlend feucht auferstand, wie ein Wunder. Meine Haut.

Und nachher ging es hinaus auf die Straßen, in die Osterien, in die Kneipen. Er konnte singen, fechten und mit der blanken Faust zuschlagen. Er konnte mit seinem Trinken, seinen Pöbeleien und Überfällen folglich auch einen jungen Mann ins Gefängnis bringen.

Ich war jung und neugierig, und ich hatte noch eine Leidenschaft: Ich wollte *wissen*. Der Mathematik und der Astronomie galt stets mein größtes Interesse, was del Monte offenbar aufgeschnappt hatte. Er sah in mir jemanden, der ihn über die Wissenschaften, die ihn am meisten interessierten – Alchimie, Astronomie, Medizin –, auf dem laufenden halten konnte. Deshalb schickte er mich nach Padua.

Falls das der einzige Grund war. Er schickte mich vielleicht ebensosehr fort von Rom, von Michel, weg von den langen Stunden vor der Leinwand, den lustigen Abenden in den Osterien. Es war eine Verbannung, Plan oder zufällige Idee eines großen Mannes, dem ich mich nicht widersetzen konnte. Zudem hatte del Monte zu viele Mittel, den Willen eines anderen zu brechen.

Ein schlimmeres Schicksal hätte mich treffen können, worüber ich mir sehr klar war.

Ich vermißte Rom, ich vermißte Michel, der Gedanke an ihn war wie ein tiefer, singender Ton, den ich jede wache Stunde des Tages hörte, er begleitete mich ständig. Trotzdem hatte ich viele glückliche Tage in Padua. Ich verbrachte viel Zeit im Botanischen Garten, eifrig damit beschäftigt, die verschiedenen Kräuter zu untersuchen und dahinterzukommen, welche Art von Heilwirkung sie haben könnten. Hier konnte man sich Wissen aneignen: über die Namen der Pflanzen, ihren Standort, darüber, welche Teile die wertvollsten sind, und nicht zuletzt über ihre Wirkung auf den Körper.

Aber mein eigentliches Interesse galt der Astronomie. Ich war nicht so sehr von dem Bedürfnis getrieben, die Bewegungen der Sterne zu deuten, wenn ich Horoskope aufstellte, als schlicht und einfach mehr *begreifen* zu wollen als andere Menschen, *der* sein zu wollen, der *wußte*. Zweifellos ist es diese Art Hochmut, die viele Naturwissenschaftler antreibt.

Wie manchen bekannt sein dürfte, erschien vor vielen Jahren ein unklares und wirres Buch von einem gewissen Domherrn Koppernigk oder Copernicus, am äußersten Rand der katholischen Christenheit, irgendwo am Mare Balticum. Das Buch heißt *De Revolutionibus*, und in all seiner verschwommenen Unbegreiflichkeit versucht es, die Berechnungen der Bewegungen der Himmelskörper auf einer ganz neuen Grundlage durchzuführen, nämlich dem buchstäblich gesprochen umwälzenden Gedanken, die Bewegung der festen Sterne sei nicht faktisch, sondern nur scheinbar. Dieses bemerkenswerte Phänomen solle daher rühren, daß die *Erde selbst* sich um ihre Achse drehe. Als wäre dies nicht verrückt genug: Koppernigk ernennt die *Sonne* zum Mittelpunkt des Universums und reduziert die Erde auf einen Planeten unter vielen, die ihrerseits Bahnen um einen imaginären Punkt in der Nähe der Sonne beschrieben!

Soll man dies ernst nehmen, steht es ja in klarem Widerspruch zu Gottes eigenen Worten, wie die Genesis sie wiedergibt – ganz zu schweigen davon, daß es gegen die Lehre der Antike und der Kirchenväter und die allgemeine, schlichte menschliche Vernunft ist. Vielleicht war gerade das der Grund, daß mich der Gedanke so erregte. Warum sollte nicht das Weltall ebenso unbegreiflich sein wie Beatrice Cencis Tod?

Nun mag vieles darauf hindeuten, daß Domherr Koppernigk sich dies als eine rein geometrische Konstruktion dachte, eine Grundlage für genauere Berechnungen von Aszensionen, Konjunktionen, Eklipsen und anderen Phänomenen auf dem Himmelsgewölbe. Er führte solche Berechnungen auch durch und gab neue Tabellen heraus, die sich zu aller Zufriedenheit gebrauchen ließen, nicht zuletzt von den kühnen Männern, die heutzutage über alle Meere segeln und zu jeder Zeit ihre Position bestimmen müssen.

So weit war alles in Ordnung. Niemand verbot mir Berechnungen, die von diesem Modell ausgingen. Aber schon in meinen ersten Studientagen bekam ich ein anderes Buch in die Hand, geschrieben von einem jungen Lehrer in der kaiserlichen Steiermark, mit dem Titel *Mysterium Cosmographicum*. Sein Autor betrachtet es nicht nur als selbstverständlich, daß die Sonne im Zentrum stehe und daß die Erde einer der Planeten sei, sondern er behauptet auch, daß diese offensichtlich ketzerische Idee in Wirklichkeit ein Werk Gottes sei, voll von heiliger Harmonie.

Ich war auch ein junger Mann. Ich hatte ein unruhiges Leben geführt, das eine starke Sehnsucht nach Ordnung und Harmonie in mir erzeugt hatte, aber wie die meisten jungen Männer war ich neugierig und ungefestigt. Und hier kam jetzt ein Mann, nur wenige Jahre älter als ich selbst, mit einem Gedanken so überwältigend und zugleich so *schön*, daß er mich tief berühren mußte.

Dies ist nicht der Ort für eine gründliche Behandlung der Ideen Keplers. Ich darf nur in aller Kürze sagen, daß er, indem er die Erde mitzählt, eine Anzahl von sechs Planeten erhält und daß er nach perfekter Harmonie strebt, indem er zeigt, daß sich in jeden der Zwischenräume zwischen den vermuteten Bahnen dieser Planeten um die Sonne einer der fünf vollkommenen Polyeder, also der fünf platonischen Körper Tetraeder, Kubus, Oktaeder, Dodekaeder und schließlich der Isokaeder mit seinen zwanzig Flächen einzeichnen läßt.

Sogar während ich hier sitze, ein erwachsener Mann voller Reue und Zerknirschung, und an diesem Bericht schreibe, bin ich – möge die Muttergottes mir vergeben – beinah gelähmt von der Schönheit dieses Gedankens. Es existieren fünf und nur fünf vollkommene Polyeder, so ist es seit der Erschaffung der Erde, und so wird es bleiben bis zum Tag des Gerichts – keine menschliche Kraft, kein genialer Einfall, nicht der feierliche Befehl des mächtigsten Fürsten wird etwas daran ändern können; es ist, als sähen wir einen schwachen Widerschein der Perfektion der Schöpferkraft Gottes in diesem einfachen Euklidschen Faktum. Fünf Körper lassen sich konstruieren, fünf und nur fünf: Tetraeder, Kubus, Oktaeder, Dodekaeder, Isokaeder. Und dann der Gedanke, du kannst die Augen zu Gottes Himmel erheben und dort *die gleichen fünf Vollkommenheiten wiederfinden*! Die Vorstellung ist so verlockend schön, so offensichtlich vom Heiligen durchleuchtet, daß es unmöglich ist, sich nicht davon hinreißen zu lassen.

Und ich ließ mich hinreißen.

Kepler bekannte sich zum lutherischen Unglauben und leugnete

St. Peters Heiligen Stuhl. Möglicherweise war mein Drang zur Opposition so groß, daß dies seiner Lehre für mich einen zusätzlichen Reiz verlieh.

Ich stürzte mich auf *Mysterium Cosmographicum*, ich wurde besessen von diesem Buch. Vielleicht waren Keplers kühne Gedanken eine Art Ersatz für den, den ich hier so vermißte – ich zögere nicht, ihn einen Abgott zu nennen, der meine Gedanken auf neue Wege führte. Ich las, dachte, rechnete, beobachtete – ja, ich machte Pläne, del Monte um Geld für eine Reise nach Graz zu bitten, um Kepler persönlich zu treffen. Es läßt sich nicht leugnen, daß ich in jugendlichem Übermut von einer Zusammenarbeit mit ihm träumte, einem gemeinsamen Einsatz, der den endgültigen Beweis für den großen, schönen und sehr gefährlichen Gedanken liefern sollte, den er so verlockend dargelegt hatte.

Denn er hatte ihn nur dargelegt – *belegt* konnte man das nicht nennen, soviel begriff ich von seinem Werk. Hier gab es Vereinfachungen, Anpassungen und direkte Fehler in den unermeßlich komplizierten Berechnungen; ja – obwohl der Mann älter war als ich selbst, war er im Verständnis der Mysterien der Mathematik im Hintertreffen, das entdeckte ich bald. Es war der *Gedanke*, der auch ihn fasziniert hatte, wie das Licht der Verklärung, die Gewißheit, daß die Perfektion der Geometrie eine Offenbarung Gottes ist, ein Teil von Gottes Wesen von Ewigkeit zu Ewigkeit. Um diesen Gedanken zu beweisen, hatte er zu der unglückseligen Idee mit der Sonne im Zentrum gegriffen; nicht als ein praktisches Modell für Berechnungen; nein, ganz gewiß als Ausdruck für die reine, offenbare Wahrheit.

Es gab *einen* an der Universität, mit dem ich meine Gedanken teilen konnte. Del Monte hatte nämlich einen weiteren Protegé am Ort. Er hatte durch den Großherzog der Toscana dafür gesorgt, daß ein Mann aus Pisa, nur wenige Jahre älter als ich, in Padua eine Professur in Mathematik bekommen hatte. Dieser begabte Mann war wohl eigentlich ebensosehr Mechaniker wie Wissenschaftler. Er stellte tüchtige Handwerker ein, zur Herstellung von Pendeln, Metronomen und Gewichten, mit denen er seine Versuche ausführte. Leider war er auch ein ziemlich unangenehmer Mensch und seinen Studenten gegenüber äußerst arrogant. Deshalb muß ich einräumen, daß ich den Rat dieses Professors nicht so oft einholte, wie del Monte voraussetzte.

Der Mann (der Galilei hieß) war in seinem Unterricht orthodox bis zum äußersten, aber er war einer der ersten, die das *Mysterium* gelesen und erkannt hatten, welche Gedanken es enthielt. Es waren besonders zwei Dinge, die mir an ihm nicht gefielen. Das eine eben die Tatsache, daß er in seinem Unterricht Copernicus mit genau solchen Argumenten höhnisch zurückwies, die er in seinen Gesprächen mit mir elegant zerpflückte; zum Beispiel, daß die Erde auseinanderfallen müsse, falls sie solchen Bewegungskräften ausgesetzt würde, wie die Theorie verlangte.

Das zweite war das Gefühl, daß er nicht mit allem, was er wußte, herausrücken, daß er lieber *mich* ausfragen wollte, um zu sehen, was ich begriffen und mir angeeignet hatte – daß er das Wissen nicht als eine gemeinsame Quelle zu Verstehen und Klarsicht betrachtete, sondern als Privateigentum. Vielleicht hingen diese beiden Dinge zusammen, dachte ich, vielleicht lehrt dieser Professor Galilei unwissende Schafsköpfe gerade die alte Kosmologie, während er selbst insgeheim an einem funkelnagelneuen und überzeugenden Buch arbeitet, das ihn zum unbestritten größten Astronomen der Welt machen wird.

Nun, dergleichen denkt wohl ein ehrgeiziger und wißbegieriger junger Mann, wie ich einer war. Meine Beziehung zum Professor

wurde jedenfalls nie sehr eng, meistens arbeitete ich selbständig weiter. Und ich entdeckte rasch etwas anderes: daß unsere ganze stolze astronomische Wissenschaft auf einer zerbrechlichen Grundlage ruht. Die Beobachtungen waren einfach zu abweichend, widersprüchlich und ungenau, als daß man etwas wirklich sicher hätte erschließen können. Es kamen ständig Abweichungen von einem halben Monddurchmesser oder mehr vor, seien sie nun auf schieläugige Beobachter, mäßige Instrumente oder Schreibfehler beim Kopieren der Manuskripte zurückzuführen.
Ich wußte auch, wie jeder mit Interesse für die Astronomie, daß es einen Mann gab, der über eine bislang unbekannte Anzahl genauer Messungen verfügte, vorgenommen mit beinah krankhafter Pedanterie viele Jahre hindurch, mit den größten und genauesten Quadranten und Sextanten, die sich herstellen lassen, und gehütet mit einem Geiz, als wären sie Perlen und edle Steine.
Beobachtungen. Nicht ohne Grund hatte mich del Monte Borromeos Einwände anhören lassen. Ich begriff, daß auch mein Arbeitgeber, der Kardinal, hin- und hergerissen war zwischen diesen beiden ungezügelten Größen: dem Glauben, der vollkommen ist, allein weil er sich nicht beweisen läßt, und der Erkenntnis, die unzureichend ist, weil sie immer von neuen Messungen, neuen Beweisen erschüttert werden kann.
Doch auch dieser große Beobachter, der Tycho hieß, war Lutheraner und dazu ziemlich verrückt. Er war ein Adliger im kühlen, windzerzausten, kleinen Reich des Königs von Dänemark, machte sich aber so unmöglich, daß er seine Schatzkammer mitnehmen und sich an den kaiserlichen Hof in Prag begeben mußte. Ja, ich notierte mit Interesse, daß Seine katholische Majestät der Kaiser höchstselbst sich nicht schämte, einen Ketzer in seinen Dienst zu nehmen, war der Abgefallene nur tüchtig genug.

Besonders auf die launenhafte Bahn des Mars über das Himmelsgewölbe kam es an. Mit neuen und korrekteren Beobachtungen würde es möglich sein auszurechnen, ob Keplers Modell genauer war als das des ehrwürdigen Ptolemäus, dem sternenkundige Männer wie auch die Kirchenväter jahrhundertelang in tiefstem Respekt gehuldigt haben, ein Modell, in dem die Erde bombenfest unter den Füßen der Menschen steht.

Ich war fertig mit meinen Vorbereitungen für die Reise nach Graz, als die Nachricht mich erreichte, eine Nachricht, die mich zu diesem Zeitpunkt mit Wut und Niedergeschlagenheit erfüllte. Erzherzog Ferdinand war viel mehr daran interessiert, die reine Lehre zu verteidigen, als sein Vorgesetzter, der Kaiser. Der strenge Erzherzog räumte eigenhändig auf. Er ordnete schlicht und einfach an, daß alle, die an der lutheranischen Irrlehre festhielten, aus der Steiermark verjagt würden. Darunter auch der Astronom Kepler.

Meine Reise würde also vergebens sein, und ich gab sie auf. Heute kann ich sehen, daß dies vermutlich von großem Vorteil für die Rettung meiner Seele war, damals aber führte es zu einer verbissenen Wut gegen alles, was Papst, Kaiser und Herzog hieß. Was ich nicht wußte, was später aber in Padua erzählt wurde, war, daß sich Kepler, gezwungen durch die Ausweisung, nach Prag begab, um – eben Tycho zu treffen, seinen dänischen Kollegen mit den unschätzbaren Beobachtungen.

Dort berechnete er die Mars-Bahn, die mit seiner Theorie übereinstimmte.

Dieser Ablauf der Dinge wurde von Ketzern sofort als Gottes Wille ausgelegt. Man sagte, der gute Ferdinand habe tatsächlich in Übereinstimmung mit dem Plan Gottes für die Welt gehandelt, als er die Lutheraner vertrieb, aber nicht so, wie er selbst glaubte, daß es nämlich zu Gottes Wohlgefallen sei, die Ketzer loszuwerden. Nein, die Weisheit des Herrn ist unerforschlicher, als Menschen ergründen können: Die Ausweisung zwang Kepler nach Prag, dem einzigen Ort, wo er an die Beobachtungen kommen konnte, die er brauchte, um seine Theorie zu beweisen!

Andere würden wohl sagen, daß es eher der Teufel selbst war, der in der Stadt des Kaisers die Ketzer zusammenführte. Und ich muß um Vergebung bitten für diese lange *digressio.*

Der wahrlich etwas einfältige Kardinal Borromeo hatte recht in einem Punkt. So ist das Dasein eingerichtet: Die menschliche Beobachtung und die göttliche, offenbarte Wahrheit widersprechen einander oft. Daran ist nichts Merkwürdiges, wenn man nur nicht vergißt, daß es den Teufel faktisch gibt. Denn der Alltag, die Sinne, die Banalitäten, die nahen, handgreiflichen Dinge sind die dem Teufel eigene Domäne. Er schmuggelt sein verzauberndes Glas zwischen den Beobachter und das Beobachtete, er verdreht und verzerrt, was der Mensch für die reine, unverfälschte Wahrheit hält.

Eben deshalb war Michels Methode zweifelhaft. Ebenso wie Kepler bei der Begegnung mit dem verschrobenen Dänen in Prag hatte mein Freund, der Maler, volles Vertrauen zu dem, was er mit seinem unvollkommenen Menschenblick *sah.* Er erkannte nicht, daß die Wahrheit *von* Gott *herab* zum Menschen kommt und nicht vom Menschen allein mit seinen elenden, gebrechlichen und vom Teufel besetzten Sinnen *aufzubauen* ist.

Selbstverständlich war es eine schwere Sünde, eine gefallene Frau als Modell für Katharina zu verwenden. Aber Merisis unanständige Wahl der Modelle war, naturphilosophisch gesehen, nur eine weitere Konsequenz seines allzu grundlegenden Glaubens an sich selbst.

VII | Ich zog im Sommer a. D. 1599 nach Padua und kam erst ein Jahr später zurück. Ich glaubte, ich kehrte zurück zu meinem Freund Michel, einem jungen, begabten und streitsüchtigen Maler. Aber der, dem ich in Rom begegnete, war der mondäne Maler Caravaggio, ja, manche gingen so weit, ihn *egregius in Urbe pictor*[5] zu titulieren. Ein paar wenige meinten sogar, mein Freund sei mit seinem großen Namensvetter Michelangelo Buonarroti vergleichbar, diese Auffassung galt jedoch als extrem und höchst übertrieben.

Ich hatte mich darauf gefreut, ihm wieder Modell zu stehen. Dies war eine Art Sehnsucht, die in meinem Körper ihr eigenes Leben lebte, während mein Geist schon zufrieden damit war, wenn er sich mit den Mysterien des Sternenhimmels beschäftigen konnte. Aber Michel brauchte mich auf diese Weise nicht mehr. Er malte neue Bilder, er hatte neue Modelle, vor allem einen älteren, aber noch stattlichen Mann, nahezu doppelt so alt wie er, mit hoher Stirn und kräftigem Bart.

Ich glaube, ich verstand ihn. Er war unterwegs zu etwas Neuem, er wollte *andere* Bilder malen. Aber selbstverständlich verletzte es meinen Stolz, und ich fragte mich oft selbst, ob ich im Laufe dieses Jahres so verfallen war, daß man an meinen geschmeidigen Gliedern und meiner glatten Haut keinen Gefallen mehr finden konnte. Gleichzeitig begriff ich, daß Michel *jenseits* des Gefallens, jenseits des Schönen und Ansprechenden war.

Michels explosiver Ruhm, ein veritabler Skandalerfolg, beruhte auf den Bildern, die er für eine Seitenkapelle von San Luigi, der Kirche der Franzosen hier in der Stadt, malte. Die Arbeit hätte eigentlich von einem langweiligen, braven und anerkannten Mei-

5 Auserlesener Maler der Stadt (Anm. d. Hrsg.)

ster, dem hochwohlgeborenen *cavaliere* Giuseppe d'Arpino, ausgeführt werden sollen. Dessen trockene und glanzlose Gemälde der Propheten und der Reise des heiligen Matthäus nach Äthiopien schmücken auch weiterhin das Gewölbe der Kapelle.
Auch Michels Bilder schildern den heiligen Matthäus. Die ersten beiden zeigen, wie der Evangelist zum Jünger berufen wird – und sein Martyrium. Beide sind großartige Bilder. Hier arbeitet Michel mit dem klaren, starken Licht, das ihm niemand nachmachen kann, obwohl viele meinen, er übertreibe den Kontrast zwischen Licht und Dunkel.
Die alltägliche Szene mit den Zöllnern um den Tisch könnte aus einer Osteria in der Nachbarschaft stammen. Die Männer zählen Geld und plaudern träge. Und dann steht plötzlich Christus selbst in der Türöffnung und zeigt auf einen von ihnen, und mit ihm fällt das Licht der Gnade in das Halbdunkel.
Matthäus' Gesicht spiegelt nicht so sehr die Heiligkeit des Augenblicks wie die schiere menschliche Verblüffung; seine Lippen trennen sich in einem atemlosen »Ich?«, das man unter dem Gewölbe der Kapelle förmlich hören kann.
Dieses erste Bild ist ungeheuer gut und eindrucksvoll gemalt. Aber das zweite – der Märtyrertod des Evangelisten – ist ein wahres Meisterwerk. Hier ist Michels neuer, älterer Freund das Modell für Matthäus. Michel war schon berühmt für seine Fähigkeit, die Natur nachzuahmen, bis hin zu Äpfeln mit Fäulnisflecken und Licht, das durch Glasvasen fällt – jetzt aber sieht er *durch* die Natur, zu diesem *Etwas*, das dahinterliegt. Er fühlt die Lust wie den Schmerz und malt sie zusammen: Der Körper des Henkers ist schön, gut gebaut, harmonisch, auf ihn fällt das Licht – seine Schönheit widerspricht seiner Grausamkeit und hebt sie zugleich hervor, wenn er das Handgelenk des liegenden Apostels ergreift,

um besser heranzukommen und ihn mit dem Schwert zu durchbohren. Matthäus selbst dagegen blickt am irdischen Tod vorbei. Er achtet nicht auf das Schwert, er sieht nicht einmal den Henker an – sein Blick ist aufwärts gerichtet, zum Engel, der dabei ist, ihm den Palmenzweig der Erlösung zu überreichen. Der Ring ist geschlossen, jetzt ist es der frühere Zöllner, der die Hand ausstreckt. Er fragt nicht mehr, er weiß; ruhig in der Begegnung mit seinem Henker übergibt er sich dem Mysterium des Martyriums.

Doch nicht alle gehen als Heilige in den Tod. Michel hat auch Beatrice Cencis Angst gespürt, als sie dastand, verlassen von Gott und den Menschen. Und er hat diese Angst gemalt, sie wiedererschaffen, sie leuchtet in den Gesichtern und Körpern der Menschen um den heiligen Matthäus, der Schrecken, der alles gefrieren, die Zeit selbst anhalten läßt in dem langen Augenblick, bevor der Mörder mit dem schon entblößten Schwert den Märtyrer durchbohrt.

Im Hintergrund des Bildes, außerhalb des dramatischen Geschehens, sieht ein mitfühlendes Gesicht zu; es ist Michels eigenes, teilnehmend, mitleidend und außerstande, einzugreifen, so wie beim Ponte Sant' Angelo.

Ja, so entfaltete er die beiden Pole in Matthäus' Leben, so daß jeder darin *eintreten* konnte: der Lichtbringer Christus und der Henker mit dem Schwert.

Das dritte Bild, das er übrigens erst ein paar Jahre später malte, ist dennoch das beste. Es stellt Matthäus und den Engel dar, der ihn beim Niederschreiben des Evangeliums anleitet. Michel malte den heiligen Mann wie einen Bauern aus der Campagna, mit dreckigen, nackten Füßen, ohne Glorie um den Kopf, ohne Würde, aber intensiv mit seiner göttlichen Berufung beschäftigt. Der Engel führt seine Hand über das Papier, nicht um anzudeuten, der heilige Mann könne nicht schreiben, wie manche Idioten dem Maler vorgeworfen haben, sondern um zu *zeigen*, daß Das Wort von Gott kam.

Dies galt gewissermaßen auch für ihn selbst, den Maler, obwohl er es nicht einmal hier wagte, dem Gesicht eines Heiligen seine eigenen Züge zu geben, sondern sein Modell benutzte. Michel war ein versoffener Hurenbock und streitsüchtiger Schläger. Aber ich kann mir die Schönheit in seinen Bildern nicht anders erklären, als daß manchmal Der Herr in Seiner wundervollen Gnade Michels Pinsel hielt, möge mir die Heilige Mutter verzeihen, wenn ich mich irre.

Dieses dritte Bild war – in all seiner Größe – eine der Etappen auf dem Weg zur Katastrophe auf dem Campo Marzio. Es wurde zunächst während einer großen Pfingstmesse im Jahre des Herrn 1602 gezeigt, bei der viele Kardinäle zugegen waren, unter ihnen der unglückselige Borromeo. Einer stieß einen Ruf des Mißvergnügens aus. Andere, die selbst an dem Bild nichts Anstößiges fanden, fürchteten dadurch, nicht fromm genug zu sein, und bald war die ganze ehrwürdige Versammlung eifrig dabei, ihre Unzufriedenheit über die dreckigen Füße und die fehlende Glorie auszudrücken.

Das Bild wurde abgehängt, aber erst als alle Interessierten es gesehen hatten.

Michel mußte ein neues Bild malen, ohne zusätzliche Bezahlung. Auch dies ist ein gutes Bild, auf dem vor allem aus dem Gesicht des Heiligen Verzweiflung über die unmögliche Aufgabe spricht, Worte für das Unbegreifliche zu finden – und die Gewißheit, daß der Engel helfen wird.

Das neue Bild blieb hängen, aber es wurde auch zur Demütigung, eine Wunde in Michels gequältem Gemüt.

Nein, nein. Wieder schreite ich in meinem Bericht allzu rasch voran. Schon die beiden ersten Bilder erregten ein Aufsehen wie die keines anderen Malers in Rom seit vielen Jahren. Es war ein Jubeljahr, die Stadt war voller Pilger, viele aus Frankreich. Die Franzosen suchten natürlich ihre eigene Kirche auf. Auch die Römer strömten nach San Luigi, um Caravaggios lebendige, leidende Menschen zu sehen und sie mit d'Arpinos flachen Puppenfiguren zu vergleichen.

Die Bilder waren ganz einfach zu gut. Es mußte Krach mit der Akademie geben. Der alte Zuccari, Akademieleiter, kam in eigener Person, sah kurzsichtig auf die Bilder und sagte hochnäsig: »Was ist denn das für ein Auftritt?«

Michels Bilder seien in keiner Hinsicht neu, eher eine blasse Nachahmung des Venezianers Giorgione, stellte Zuccari fest, zuckte die Achseln und ging.

Ich habe oft gedacht, daß diese kleine Episode der Wendepunkt für Michel war, diese alberne Demütigung durch einen unbedeutenden Mann, den das Mißgeschick in eine bedeutend bessere Position gebracht hatte. Michel, der den Vergleich mit anderen nicht ertrug, der nicht zugeben wollte, daß er Lehrmeister hatte – er mußte hören, er sei nur ein unselbständiger Kopist.

Von nun an waren seine Körperflüssigkeiten in ernstem Ungleichgewicht. Zwar malte er besser und besser, aber er betrug sich schlimmer und schlimmer. Die Galle strömte mehr und mehr, sowohl die schwarze, die Melancholie hervorruft, als auch besonders die gelbe, das wichtigste Kennzeichen des Cholerikers. Er schlug sich öfter, und das auf offener Straße, er weigerte sich, mit Menschen zu reden, die seiner Meinung nach unter seinem Rang und seiner Würde waren. Bald sollte er sogar unseren Wohltäter del Monte verlassen.

Wenn der Maler meine Hilfe als Modell auch nicht mehr brauchte, waren wir doch weiterhin Freunde, um nicht zu sagen Zechbrüder. Nach wie vor waren die Stunden zusammen mit ihm ein Erlebnis außerhalb des Alltags, ein Fest, das Freude auf mein sonst so einfaches Leben warf. An einem glühendheißen Sommerabend kurz nach meiner Rückkehr aus Padua gingen Michel, Onorio Longhi und ich zusammen über die Piazza Navona. Die Sonne war hinter dem Gianicolo verschwunden, aber die Hitze saß noch im Straßenpflaster, sie kroch durch unsere Fußsohlen hinauf, ließ die Füße anschwellen. Da trafen wir einen harmlosen kleinen Maler, der zu seinem eigenen Pech Schüler des Akademieleiters Zuccari war.

Michel blieb stehen und packte ihn ohne weiteres am Kragen.

»Giorgione?« war alles, was er sagte.

Der Arme hatte ja absolut keine Verantwortung für die lächerlichen Meinungen seines Meisters. Er versuchte, den Kopf zu schütteln oder die Achseln zu zucken, doch da schlug Michel ihn ins Gesicht, ohne loszulassen. Der Malernachwuchs schrie wie ein Fuchs, den man am Schwanz zieht.

Der Platz war dabei, sich zu leeren, aber es waren noch viele Menschen unterwegs. Einer von ihnen war unglücklicherweise Sergeant in der Wache beim Castel Sant' Angelo. Er zog das Schwert und befahl Michel, aufzuhören.

Der kleine, stämmige Maler war flinker und geschmeidiger, als man glauben sollte. In *einer* Bewegung ließ Michel sein Opfer los, drehte sich um, zog sein eigenes Schwert und hieb dem Sergeanten heftig in die Hand.

Longhi und ich stürzten uns auf Michel und hielten ihn. Dann nahmen wir ihn zwischen uns und zogen ihn die wenigen Schritte zum Palazzo Madama, in der Hitze schwitzend und fluchend, mit

Michels zornigen Schreien in den Ohren, wir sollten ihn loslassen, damit er beide fertigmachen könnte, sowohl die Scheißwache als auch den Schwanzlutscher von einem Malerkleckser.
Del Monte räumte auf, wie, weiß ich nicht. Aber offenbar mußte er ein paar ungewöhnlich hohe Bestechungsgelder herausrücken.

VIII | Bevor ich in diesem Herbst nach Padua zurückging, passierten noch zwei Dinge.
Das erste war eine Torheit ohnegleichen. Wir saßen in einer Osteria nicht weit von Trinità dei Monti, ein Lokal, das wir nur besuchten, weil der Wirt die kluge Gewohnheit hatte, seinen Weißwein von den Hügeln nahe Frascati zu holen.
Ich habe schon gesagt, daß Michels Mund Sinnlichkeit verriet. Oh, ich sehe ihn noch vor mir, wie er in der Osteria sitzt, vor sich seine *bruschetta*, dieses so einfache wie perfekte kleine Gericht: geröstetes Brot, in Öl getunkt und gut eingerieben mit Knoblauch. Er setzt die Zähne genüßlich in die spröde Rinde des Brotes, läßt die Lippen das weiche Jungfrauenöl einsaugen, damit ihm kein Tropfen entgeht, während die Zunge über die Oberfläche des Brotes gleitet, um den starken Geschmack des Knoblauchs mitzubekommen.
Er ißt, lächelt, trinkt, redet. Er trinkt Weißwein und dann Grappa. Seine Gestalt zieht die Blicke auf sich, er ist ein König, wie er da sitzt, und die Leute merken es. Aber der schöne schwarze Anzug, den er von del Monte bekommen hat, ist schmutzig und zerschlissen. Ein Jüngelchen von einem Kellnerlehrling sieht das, sagt in der Türöffnung irgend etwas über teure Gewohnheiten und Lumpen am Leib oder etwas Ähnliches.

Einige meinen, der Teufel könne ebenso leicht Fleisch werden wie der Herr. Ich selbst habe den Bösen nie unverhüllt in seiner eigenen, niedrigen Person auftreten sehen, unsere Heilige Mutter sei gelobt. Aber ich habe ihn leider allzuoft Wohnung in einem Menschen nehmen sehen, so oft, daß ich schon glaube, daß dies seine bevorzugte Weise ist, sich zu manifestieren. Und das kann schlimm genug sein.

Kurz gesagt, der Teufel selbst oder einer seiner unzähligen Helfer bemächtigte sich Michels, sobald dieser die Bemerkung des Jungen hörte. Er sprang auf und stürzte sich auf ihn, zweifellos um ihn mit seinen bloßen Händen zu erwürgen, da er sich nicht die Zeit nahm, nach seinem Schwert zu greifen. Stühle und Tische kippten um, Essen und Wein flogen auf den Boden. Der Junge rannte um sein Leben in die Küche.

Onorio Longhi und ich stürzen uns auf Michel und schaffen es mit gemeinsamer Kraft, ihn wie auch den Teufel einigermaßen zu bändigen, indem wir ihn auf den Boden pressen. Irgendwie bringen wir ihn nach draußen, mit den Drohungen des Wirtes hinsichtlich Polizei und Schadensersatzforderungen als Begleitung.

Wir zerren den Maler weg, während der brüllt wie ein gereizter Stier. Er will, daß wir uns vor dem Wirtshaus auf die Lauer legen und den armen Lehrling verdreschen, sobald er herauskommt. Onorio Longhi und ich wissen uns keinen anderen Rat, als daß wir Grappa in ihn schütten, bis er bewußtlos daliegt und wir ihn zurück zum Palazzo Madama tragen können.

Ein paar Tage später geschah es, daß ein Bote zum Palazzo kam. Sein Auftraggeber war der Oberschatzmeister für die Finanzen des Heiligen Stuhls, einer der engsten Mitarbeiter Seiner Heiligkeit, einer der mächtigsten Männer Roms. Wieder mußte *ich* meinen Freund begleiten, dieses Mal nicht um im Rausch auf dreckigen Wirtshausböden herumzukriechen, sondern zur Audienz beim Oberschatzmeister in seinen Büros auf dem Quirinal.

Del Monte spendierte widerwillig einen neuen Seidenanzug. Man konnte es in der Stadt munkeln hören, daß der Herr des Palazzo Madama nicht länger Geld in Hülle und Fülle hatte, daß er zu flott lebte, daß sein Freund und Auftraggeber, der Großherzog der Toscana, ihn für die Dienste, die der Kardinal für das Großherzogtum am päpstlichen Hof leistete, nicht mehr so reichlich bezahlen wollte. Aber noch immer war Michel in seinen Diensten.

Der Schatzmeister und Vertraute unseres Heiligen Vaters war ein magerer älterer Herr, mit bleicher Haut und braunen Leberflekken an Hals und Kinn. Kurz gesagt – er sah aus wie ein Mann, für den es höchste Zeit war, anzufangen, an seine Seligkeit zu denken.

Vielleicht gerade deshalb erwies er sich als ein sehr effektiver Mann, der wußte, was er wollte. Er hatte einen Bankier dazugebeten, um mit Michel einen Vertrag aufzusetzen und den Vorschuß auszuzahlen. Es zeigte sich, daß der Schatzmeister eine Seitenkapelle in der Santa Maria del Popolo gekauft hatte, die er jetzt mit Bildern zur Ehre Gottes geschmückt haben wollte.

Er wünschte sich ein Bild, das Peter darstellte, und eines mit Paulus – darunter war es wohl für einen Mann in seiner Stellung nicht zu machen. Vielleicht hoffte er darauf, daß ein *wenig* Ehre auch auf ihn selbst fallen würde, wenn er fort war und die Bilder blieben, wenn es nur herrliche Bilder waren, an die die Leute sich erinnerten und über die sie redeten. So zu denken ist wohl menschlich. Der Herr sieht mit Gnade auf solch unschuldige Eitelkeit.

Und sein Vorschuß war solide genug. Auf ein Nicken des Schatzmeisters hin zählte sein Bankier jede Münze einzeln auf. Michel ließ sie achtlos in seine Börse fallen. Danach feierten wir den Vorschuß und weihten den neuen Seidenanzug ein, aufs gründlichste.

## IX

In diesem Frühjahr trat der Tiber über seine Ufer.
Das passiert regelmäßig, und immer trifft es die Viertel der Juden am schlimmsten. In der Senke östlich des Ponte Sisto findet das brodelnde Wasser Auslauf, es strömt die Straßen hinunter und dringt in alle Häuser ein, erschreckt Alte, reißt Kinder mit sich, wenn die Mütter, die schreiend auf die Straße gerannt kommen, es nicht schaffen, sie wegzuziehen.
Fest steht, daß niemand vor diesen wilden Frühjahrsfluten sicher sein kann. Es liegen auch Paläste und einige Wohnhäuser von Adligen direkt unten am Tiberufer, wo das Wasser eindringen kann, und wie manche alte Leute erzählen, war die Flut einmal so heftig, daß ein leeres Boot den ganzen Weg die Via Condotti entlanggespült wurde und auf dem Platz unterhalb von Trinità dei Monti strandete; das glaube, wer will.
Aber am schlimmsten trifft es immer die Juden. Natürlich ist ihnen deshalb zum Wohnen dieses Gebiet zugewiesen worden, das so niedrig liegt, daß es ein alter Sumpf gewesen sein muß. Mein Eindruck ist übrigens, daß diese Menschen fleißig und arbeitsam sind, und sie bezahlen ihre Zusatzsteuer zu unserem Karneval und den Wettläufen auf dem Corso, ohne sich allzusehr zu beklagen. Es ist traurig, daß sie eine so unheimliche Sünde wie den Tod Jesu zu tragen haben, aber wenn sie sich bekehren, gibt es wohl Gnade und Vergebung auch dafür. Und dann können sie

aus den engen Gassen an der Flußbiegung bei der Tiberinsel wegziehen.

In diesem Frühjahr war die Flut besonders stark. Alle Brücken am Ufer wurden weggerissen, in mehreren Palästen wurden die Fresken im untersten Stockwerk zerstört, drei Juden und eine vierte Person ertranken.

Es war ein schlechtes Omen, ein unheilverkündender Beginn des Jahres. Wie man verstehen wird, zog ich mit bangen Ahnungen zurück nach Padua.

Del Monte kürzte meinen Unterhalt, und ich hätte nicht reisen müssen, ich hätte bei Michel bleiben können. Aber der Maler hatte sich verändert – und ich, ich war zu gefangen von meiner Arbeit. Der Traum von den fünf perfekten Körpern hatte mich nicht losgelassen. Ich hatte die Hoffnung aufgegeben, Kepler persönlich zu begegnen, aber ich konnte seine Gedanken nicht vergessen und arbeitete in aller Stille weiter an meinen Berechnungen über das heliozentrische Universum. Ich verbarg übrigens die Natur meiner Arbeit nicht vor meinen Kollegen, indem ich das Ganze als ein reines Denkgebäude darstellte, von welchem aus man mit größerer Präzision als früher die notwendigen astronomischen Berechnungen durchführen konnte.

Trotzdem muß man wohl sagen, daß einige der Universitätsprofessoren meine Arbeit mit äußerstem Mißtrauen betrachteten. Es war auch nicht die Rede davon, daß der junge Galilei, den ich schon erwähnt habe, mich in Gegenwart der Fakultät unterstützen würde. Privat diskutierte er Kepler allerdings ebenso eifrig wie früher.

Ich will nicht leugnen, daß mir dies Sorgen machte, Galileis offensichtliches Doppelspiel wie auch der Widerstand der mächtigen Älteren. Aber in meiner jugendlichen Unbesonnenheit interpretierte ich das Verhalten dieser Männer so, daß sie nur ihre eigene Position verteidigten. Die genaue Auslegung des Ptolemäus, die sie mit Mühe und Fleiß an uns Studenten weitervermittelten, war ja die Grundlage ihrer Stellung. Sollte sich zeigen, daß Keplers Gedanken sich durchsetzten, würden große Teile ihres Unterrichts hinfällig. Sie müßten ihre Bücher von Grund auf revidieren und neue Vorlesungen schreiben. Sie wären sogar genötigt, ordentlich Mathematik zu lernen – was, um ehrlich zu sein, vielen von ihnen äußerst schwerfallen würde, bejahrt, wie sie waren.

Kurz gesagt: Ohne mir richtig darüber klar zu sein, verglich ich mich mit meinem Freund Caravaggio. Wo *er* seine genauen Beobachtungen von Menschen in Licht und Schatten machte und sie so malte, wie sie waren, und wenn sie zehnmal Heilige darstellen sollten, zum Ärger vieler, machte *ich* meine Beobachtungen vom Himmelsgewölbe und interpretierte die Einwände meiner Vorgesetzten als Ängstlichkeit und Mißgunst, ohne im Ernst daran zu glauben, daß sie sich väterlich um das Heil meiner Seele kümmerten und mich von einem ketzerischen Weg abbringen wollten.

Dann kam es zu einer Episode, die mich verwirrte. Ich bekam in Padua Besuch, von einem Mann, der mich zu einem Spaziergang in den Botanischen Garten einlud. Zunächst verriet er sein Anliegen nicht, sondern sprach zerstreut über die verschiedenen Pflanzen des Gartens, speziell von der stattlichen *Archangelica*, dem Erzengelwurz aus dem hohen Norden, die schon durch ihren Namen ihre mächtigen und heilenden Eigenschaften kundtat und die man nur mit viel Mühe hatte zum Wachsen bringen können, als vermißte sie die kargen, kühlen Gegenden, wo sie ursprünglich hingehörte, und fühlte sich deshalb in Paduas reichem Erdreich und verschwenderischem Sonnenschein nicht wohl.

Mein Besucher war jedoch nicht nur heilkundig, sondern auch Astronom. Und nicht nur das. Er hatte eine hohe Position in der Gesellschaft Jesu, diesen hochgelehrten und mächtigen Hütern der Reinheit des Glaubens unter Seiner Heiligkeit besonderem Schutz. Ich möchte ihn Pater T. nennen. Nachdem wir uns vergewissert hatten, daß es bei unserem Gespräch im Garten keine Zuhörer gab, rückte er mit seinem wirklichen Anliegen heraus.

Er sei, sagte er langsam, anläßlich meiner Arbeit mit Keplers Theorien und dessen System zu mir gekommen.

Man kann sich sicher vorstellen, was ich empfand, wie mein Mannesmut und meine Kraft aus mir herauszusickern und eine jämmerliche Figur aus welkem Stroh zu hinterlassen schienen.

Ich hatte gehört, was an jenem Februartag, als der Unglückselige aus Nola verbrannt wurde, auf dem Campo de' Fiori passierte. Nun wußte ich jedoch, daß Giordanos Ketzerei weit umfassender war als seine astronomischen Irrtümer.

Wie auch immer. Der Tod kommt zu allen. Er kann die Form von Beulenpest annehmen, die den Menschen in einen verwesten Sack aus Eiter und Materie verwandelt, von Lepra, die ein Glied nach dem anderen wegnagt – von rasenden, besessenen Kriegern, die niederhauen, schlagen, zerschmettern, brennen, vom kühlen Axtblatt des Henkers, das den Kopf vom Körper trennt. Aber an den Pfahl gebunden zu werden, mitten in einem aufgestapelten Scheiterhaufen, lange Minuten wie eine lebendige Säule aus Feuer dazustehen – vielleicht ist das nur ein kleiner Vorgeschmack auf die ewigen Qualen der Hölle; sicherlich sollte man viel mehr an die Erlösung der Seele in alle Ewigkeit denken als an die letzten Minuten des Schicksals der irdischen Hülle – wie auch immer, in meiner Kindheit hatte ich oft versucht, solange ich konnte an einem Scheiterhaufen zu stehen, bis ich fühlte, wie die Hitze sich in die Haut einätzte und ich mich zurückziehen *mußte*.

Der, der an den Pfahl gebunden dastand, konnte sich nicht zurückziehen.

Kurz gesagt, ich bekam eine besinnungslose Angst, als der Jesuitenpater Kepler zur Sprache brachte. Augenblicklich packte mich eine leidenschaftliche Reue – diese Gedanken, die ich mir gemacht hatte, diese Berechnungen, auf die ich so stolz gewesen war; wie unendlich töricht war es doch, in einer solchen hochmütigen Als-ob-Welt zu leben, neben der wirklichen, einer Welt, die mit einem Schlag soviel Kummer und Leid über mich und die Menschen bringen konnte, die mir nahestanden!

Deshalb muß man mein Erstaunen und Erschrecken begreifen, als Jesuitenpater T. mit seinem Anliegen herausrückte: Er bat mich eindringlich, an den Ideen über die Sonne als Zentrum des Universums und die Erde als unscheinbaren kleinen Planeten, auf einer Linie mit Mars und Venus, weiterzuarbeiten.

Zunächst glaubte ich, es sei eine Falle, ich solle dazu verlockt werden, meine Ketzerei so deutlich zu machen, daß es keinen Weg zurück gab. Aber sofort erkannte ich, daß diese Vermutung ebenso absurd wie hochmütig war: Warum sollte die mächtige Gesellschaft Jesu sich so anstrengen, um einen kleinen Studenten in Padua fertigzumachen?

Pater T. sah meine Verwirrung und erklärte sich eingehender: Die Gesellschaft betreibe, wie ich wisse, die Verkündigung der Botschaft an vielen Stellen unseres Erdballs, nach dem Beispiel, das ihnen der gute Francisco Xavier auf seinen endlosen Reisen ins fruchtbare Brasilien, ins fremdartige Indien, zu den wilden Völkerschaften in Malakka und nicht zuletzt ins große und mächtige japanische Kaiserreich gegeben habe.

Dies wisse ich selbstverständlich. Aber was habe es mit dem Platz der Sonne im Universum zu tun?

Nun, das habe mit astronomischen Tabellen und Berechnungen zu tun, sagte der Pater. Es sei nicht nur wichtig, daß alle Tabellen, die Sonnen- und Sternhöhen betrafen, so genau wie möglich waren, wenn man in ferne, unbekannte Fahrwasser navigieren wolle. Aber es habe sich auch gezeigt, daß es eine große, wunderbare Wirkung zur Förderung des Glaubens hatte, wenn Gesandte der Gesellschaft wundervolle Begebenheiten auf dem Himmelsgewölbe voraussagen konnten, besonders Sonnen- und Mondfinsternisse. Allerdings müßten diese Voraussagen zutreffend sein, um irgendeinen Wert zu haben. Und die alten Tabellen bestätigten sich selten in diesen fernen Gegenden – es gebe Abweichungen von Stunden, ja, Tagen!

Sei es nicht tatsächlich so, fragte er mich, daß das neue System bessere und sicherere Resultate ergebe?

Ich mußte einräumen, daß vieles auf dergleichen hindeuten mochte, daß hier aber noch eine riesige Arbeit zu tun bleibe.

»Tu du diese Arbeit, mein Sohn!« sagte Pater T.

Ich zögerte mit meiner Antwort, und er begriff:

»Du hast Angst, daß dies ein ketzerischer Gedanke ist«, sagte er. »Mein Sohn, mach dir nicht soviel Gedanken über die Stellung der Sonne oder der Erde im Weltraum. Die Sonne steht genau da, wo sie Der Herr in seiner unermeßlichen Gnade hingestellt hat. Unser schwacher menschlicher Verstand ist nicht dazu gemacht, in solche Mysterien bis auf den Grund einzudringen. Beschaffe der Gesellschaft die Zahlen, die wir brauchen, das ist eine Tat, die Gott ein Wohlgefallen ist.«

Da stand ich nun, wie ein Kind zwischen zwei Horden wilder Tiere: *Astronomen*, die meine Arbeit gottlos fanden, *Geistlichen*, die meinten, sie erbringe bedeutungsvolles Wissen.

Ich arbeitete weiter, immer mit diesem Gefühl der Unruhe im Körper, als wäre ich ein Fechter mit entblößter Flanke, einem nackten Punkt, an dem mich mit einem plötzlichen, tödlichen Hieb das Unheil treffen konnte. Ich beobachtete, berechnete, verglich. Ab und zu redete ich mit Professor Galilei, der wohl die gleiche Unruhe spüren mußte, denn er unterrichtete gleichermaßen eifrig wie zuvor im alten System. Unsere Gespräche brachten mich nicht sehr viel weiter; ich hatte das Gefühl, ich mußte zehn meiner Berechnungen herausrücken, bevor er widerwillig eine von seinen preisgab.
Aber wie der Jesuit gesagt hatte, ergaben die neuen Rechnungen an vielen Punkten genauere Resultate, wenn auch nicht immer. Ich schwankte, ich zweifelte; ich erstellte mein Horoskop mit der geheimen Angst, Vorzeichen von Scheiterhaufen und Verbrennung, Unheil und Verderben zu finden.
Da kam Das Zeichen am Himmel.

X | Es gibt, was gegenseitige üble Nachrede betrifft, nichts Schlimmeres als Maler. Sie sind wie alte Weiber, die, gefragt nach dem Haushalt der Nachbarin, antworten: »Selbstverständlich ist einiges brauchbar, aber ...«, und dann fließt aus ihnen die Galle in Strömen. Eine Ausnahme sind die, die eine gemeinsame Werkstatt haben oder im gleichen Stil arbeiten, aber die *loben* einander auf die gleiche maßlose Weise, so daß man auch *das* nicht gern hört. Leider muß ich einräumen, daß Michel auch in dieser Hinsicht einer der Schlimmsten war, vielleicht der Schlimmste – *deterius in Urbe obtrectator.*[6]

6 Schlimmster Verleumder der Stadt (Anm. d. Hrsg.)

Dies machte meinem Freund noch mehr Feinde als seine Trunksucht, all seine Schlägereien und Geldaffären zusammen. Es ist bezeichnend für die unbändige, unkontrollierte Raserei dieses Mannes, daß er Zuccaris absurden Vergleich zwischen ihm und Giorgione nicht vergessen konnte. Er stürzte sich auf seine Gegner, wohlgemerkt nicht auf Zuccari persönlich, sondern auf dessen Freunde und Schüler.

Dadurch kam es zur Schlägerei mit diesem geistesschwachen Hurensohn Mao Salini, die Michel soviel Scherereien bereiten sollte.

Ich war nicht in Rom, als es zur ersten Episode kam, ich bin aber auch nicht sicher, daß das geholfen hätte. Ich hätte ablenken, glätten, schmeicheln können – es wäre aber auch möglich gewesen, daß ich mich von dem Wahnsinn hätte mitreißen lassen. Was das Entscheidende ist: Jetzt war Michel mehr und mehr seinem Freund Onorio Longhi, dem Architekten, überlassen, einem Mann mit ebenso wildem, ungehemmtem Temperament wie er selbst.

Der Maler Mao Salini war durchaus kein sympathischer Mensch. Er war ein hochgewachsener, dünner Mann mit schmalem Gesicht und langem, etwas strähnigem Haar. Ihm fehlten mehrere Zähne im Mund, und er trug grobe, verschlissene Wollstoffe. Dennoch wünschte er offenbar, sich als eine bedeutende Persönlichkeit darzustellen. Er lebte zusammen mit seiner Frau (die unglücklicherweise später in diesem Bericht auch auftauchen wird) in einem kleinen, dreckigen Zimmer, wo er auch seine Bilder malte. Sein Stolz war die Produktion profaner Gemälde ohne Tiere oder Menschen, sogenannter *natures mortes*.

Solche Bilder waren in Mode und deshalb für Maler, die keine kirchlichen Aufträge bekamen oder keinen wohlhabenden Beschützer hatten, leichter zu verkaufen. Dies war ein Zweig der Malerei, den auch Michel in seiner Jugend gepflegt hatte, und Mao Salini hatte sich Michel eine Zeitlang als eine Art Schüler aufgedrängt, eine Verbindung, die selbstverständlich nicht lange dauern konnte. Salini deutete öffentlich mehr als an, daß die Feindschaft zwischen den beiden ihren Grund darin habe, daß der Meister aus Caravaggio Salini als einen gefährlichen Konkurrenten betrachte, als jemanden, der in diesem seltsamen Handwerk, dem Malen von Obst, Blumen, Vasen und anderen Gegenständen aus dem Alltagsleben, ihn selbst übertroffen habe.

Michels *Stilleben* waren mit erschreckender Geschicklichkeit gemalt. Ja, ich sage erschreckend, denn die Leinwände hatten etwas von Zauberei. Da war die unheimliche Lebendigkeit der Farbe bis in die kleinste Nuance, man war stark versucht, die Hand auszustrecken, um diese Trauben, Äpfel und Orangen zu berühren. Sie waren so gemalt, daß der Unterschied an der Oberfläche jeder einzelnen Frucht beinah fühlbar war, die glatte Feuchtigkeit der Trauben, die trockene, leicht faltige Haut des Apfels, das grobe Muster der Orange. Man ertappte sich bei dem Gedanken, daß diese Virtuosität etwas Anstößiges hatte; als hätte sich der Maler in Konkurrenz zum Schöpfer begeben.

Jeder Einäugige, dem nur noch die halbe Sehkraft geblieben war, konnte den enormen Unterschied sehen, der zwischen Michels Arbeiten und den plumpen »Früchten« bestand, die Salini gemalt hatte – bei denen die Verfärbung nicht Produkt der akribischen Arbeit war, einen Fäulnisfleck in all seiner abstoßenden Schwammigkeit nachzuschaffen, sondern der mangelnden Fähigkeit des Malers, die richtige Nuance zu mischen.

Ich erhielt die Nachricht, daß Michel wieder einmal von der Polizei in Gewahrsam genommen worden war, während ich, beschäf-

tigt mit eigenen Angelegenheiten, in Padua saß. Die Anklage war, er habe Salini verfolgt, ihn auf offener Straße mit einem Stock geschlagen und als Ziegenbock und Hahnrei beschimpft.
Da ich meinen Freund kannte, zweifelte ich keinen Augenblick an der Richtigkeit der Vorwürfe. Doch war es kaum dazu gekommen, weil der Schüler Michels eigene Arbeit in den Schatten stellte, sondern weil er im Gegenteil ein elender Nachahmer und Plagiator war, der seinem Vorbild Schande machte.
Elender Nachahmer und Plagiatior, jawohl. Aber nicht ohne Verbindungen. Mao Salini kannte Ranuccio Tomassoni.
Mao war vielleicht ein anämischer Feigling, Ranuccio jedoch gehörte zu einer Familie, die vom Schwert lebt.

XI | Man versteht Michel nicht, wenn man nicht versteht, daß er sich Feinde machen *mußte*. Ja, es mochte den Anschein haben, als suchte er sich gerade die aus, die ihm die größten Schwierigkeiten machen würden, und zankte methodisch mit denen. Am schlimmsten für Michel war, daß er sich mit dem Maler Baglione entzweite.
Ich habe die Matthäus-Bilder in San Luigi erwähnt, die Gemälde, die meinen Freund berühmt machten. Doch die Peter-und-Paul-Bilder, die er für den alten Schatzmeister in Santa Maria del Popolo malte, erregten womöglich noch mehr Aufsehen, zusammen mit den Gerüchten über sein sonstiges Auftreten.
Es war besonders das Pferd. Michel malte die *Bekehrung Pauli* mit einem riesigen Pferd als dominierendem Blickfang, als wäre der Apostel auf seinem Weg nach Damaskus gerade vom Pferderükken gefallen, platt auf den Boden gestreckt, geblendet durch ein

Licht vom Himmel, während das gigantische Tier, das drei Viertel der Bildfläche füllt, auf ihn zu treten droht.

In der Ausführung eines Stümpers hätte dies geschmacklos und lächerlich gewirkt. Es ist ja *Gott*, der den Apostel zu Boden schlägt – will der Maler Gott in der Gestalt eines Pferdes darstellen? Aber dem Meister aus Caravaggio gelingt es, den robusten Pferdekörper ein so unwiderstehliches Gewicht ausstrahlen zu lassen, daß der Betrachter es spürt, das Bild ist so voller Kraft, daß der Betrachter selbst zu Boden gedrückt wird. Es ist ein wahnsinniges, wunderbares Gemälde, auf dem die massive, ungeschlachte Wirklichkeit, die der Maler beobachtet, von etwas *Anderem* durchdrungen ist. Was geschieht, ist ein Wunder: Der Maler beobachtet und reproduziert das Fleisch, die Materie, auf eine solche Weise, daß sie mit Geist erfüllt wird. Ich habe kein besseres Wort für dieses Geistige, dieses Andere, als Das Heilige.

Daneben gab es eine *Kreuzigung Petri*, die ich noch jedesmal vor mir sehe, wenn ich auf dem Gianicolo stehe. Das Bild fängt den Augenblick ein, als das Kreuz mit dem Heiligen aufgerichtet wird. Drei Henkersknechte mühen sich wie brave Arbeiter mit der schweren Last ab, das Kreuz ist massiv und solide, der Apostel selbst noch kräftig in seiner gealterten Gestalt. Vollkommen wiedergegeben ist die Mischung aus Trotz, Angst und heiliger Ergebung in Peters Gesicht. Und wie immer bei Michel wird der Betrachter direkt ins Bild hineingezogen, er leidet mit.

Beim Anschauen dieses Gemäldes ziehen die Linien den Blick unwillkürlich zu dem groben Nagel, der die linke Hand des Apostels durchbohrt und ihn ans Kreuzholz nagelt. Der Unterschied zwischen Michel und anderen, schlechteren Malern ist einfach: Die anderen *behaupten* das Leiden durch die Darstellung eines verzerrten Gesichts oder von Frauen mit tränennassen Augen, die die Hände ringen.

Michel *malt* das Leiden. So sieht das Leiden aus: ein Nagel durch eine Hand, nacktes Metall durch nacktes Fleisch. Man sieht, man fühlt, man greift unweigerlich nach der eigenen Hand.

Nun gut. Berichten wollte ich über den Maler Giovanni Baglione. Michel war noch nicht fertig mit seinen beiden Bildern in Santa Maria del Popolo, als dieser Baglione, der im übrigen nicht ohne eine gewisse Begabung ist, einen ehrenvollen Auftrag von der Gesellschaft Jesu erhielt. Es war die größte Bestellung, die zu dieser Zeit in Rom denkbar war; ein Bild für den Altar in Il Gesù selbst, dem Zentrum des gnadenreichen Wirkens der Jesuiten auf dem ganzen Erdball.

Jeder, der die Verhältnisse kannte, begriff, daß dies eine Herausforderung war, eine Konkurrenz. Michels Bilder waren zu gut, daran kam man nicht mehr vorbei. Baglione mußte auf Michels neue, frappierende Art malen, mit wirklichen Personen, mit scharfem Licht und düsteren Schatten. Aber in der Behandlung des Motivs wollte er einen ganz anderen Respekt, eine ganz andere Demut zeigen – damit Baglione in Zukunft die großen Kirchenaufträge erhalten konnte, ohne daß jemand hätte behaupten können, Michel werde übergangen.

Ach, Baglione ging mit allzu großem Respekt, mit allzu großer Demut zu Werk. Er malte eine gigantische *Auferstehung*, eine der größten Leinwände, die je gesehen wurden, aber ein Werk, so blutleer und zuckersüß, daß es weder Den Herrn erfreuen noch Seine Feinde ärgern konnte.

Bagliones Bild war ein Fiasko, das konnte jeder feststellen, auch all die, die über Michels Malweise oder sein Temperament und seine Lebensführung empört waren. Die *Auferstehung* sprach für sich, und der Rest hätte Schweigen sein sollen. Doch leider war Michel viel zu bitter und mißgünstig, weil nicht *er* den Auftrag bekommen hatte. Er war nicht so vernünftig, den Mund zu halten und Baglione mit seinem Fiasko sich selbst zu überlassen, er mußte zu jedem, der es hören wollte, sagen: »Die *Auferstehung* ist ein plumpes Bild, das schlimmste, das er je gemalt hat.«

Zu dieser Zeit zog Michel aus dem Palazzo Madama aus. Ich weiß nicht genau, warum. Es ist nicht abwegig, daß del Monte es leid wurde, jedesmal, wenn Michel in Schwierigkeiten war, allen möglichen Behörden gegenüber einzugreifen. Aber auch Michel wurde sicher den Kardinal leid. Ich nehme an, dieser wünschte sich weiterhin Bilder der Art, wie sie Michel nicht mehr malen wollte, Bilder von schönen, jungen Knaben: Amor, Johannes der Täufer, der nackte Isaak auf dem Altar unter Abrahams erhobenem Messer. Kurz gesagt, solche Bilder, wie er sie damals gemalt hatte, als *ich* noch einen winzigen Zipfel dieses fast sakramentalen Glücks teilen durfte: zu sehen, wie sich Öl und Pigment auf der Leinwand in einen veritablen festen, jungen Körper verwandelten.

Der Maler Baglione ist im Grunde kein dummer Mann. Er wußte genau, daß Michel eine Begabung war. Später – nach der Katastrophe – erfuhr ich, daß er an einen Freund geschrieben hatte: »Caravaggio weiht sich nicht seiner Arbeit. Wenn er ein paar Wochen gemalt hat, opfert er einen Monat oder zwei der Zerstreuung, mit einem großen Schwert an der Seite und einem Diener. Er zieht von einem Ballspiel zum anderen, äußerst geneigt zu Duellen oder Schlägereien, so daß es schwierig ist, vernünftig mit ihm zu reden.«

Ja, Giovanni Baglione ist im Grunde genommen ein freundlicher, ansprechender Mensch, wenn auch vielleicht etwas eitel mit der großen Perücke und dem Brokatwams – dazu dieser unglückseligen Halskette aus Gold. Er prügelt sich wahrhaftig nicht auf der Straße, noch beschimpft er Leute oder bedroht sie mit dem Schwert. Er ist ein schlichter Christ, der mit treuherziger, vertrauensvoller Frömmigkeit malt. Bei ihm gibt es wahrlich keine voluminösen Pferde oder heilige Männer mit dreckigen Füßen! Seine Bilder dienen dem Verständnis und der Erbauung eines jeden – und sie langweilen den Betrachter zu Tode. Sie langweilen selbst unseren langmütigen Herrn im Himmel bis zur Verzweiflung, möchte ich annehmen, falls Er sich für all die Kunst, die Ihm zu Ehren gemalt wird, auch nur im geringsten interessiert.

Michel erhielt jetzt viele andere Bestellungen, von den höchststehenden Personen. Für einen gewissen Marquis malte er ein überaus bemerkenswertes Bild, einen *Ungläubigen Thomas*, das mich damals sehr beschäftigte.

Das Bild zeigt genau den Augenblick, als Thomas, ungläubig, aber neugierig, den Finger in die Wunde Christi steckt, um Gewißheit zu erlangen. Damals sah ich Thomas als einen Beobachter, jemanden, der sich mit dem überlieferten Bericht nicht begnügte. Sein Unglaube war ja sein Adelszeichen – er wollte selbst die Realitäten spüren, bevor er das Wunder akzeptierte. Und Christus ließ diese Handlung zu. So, meinte ich, gingen Glaube und Wissen in einer höheren Einheit auf, mit ausdrücklicher Billigung des Herrn.

Der Beobachter Thomas, dessen Name »Zwilling« bedeutet.

Der Marquis war ganz fasziniert von diesem Bild und kam sofort mit einer weiteren Bestellung. Merisi malte daraufhin ausnahmsweise eines seiner alten Motive, einen *Amor als Sieger*, übrigens mit seinem jungen Diener als Modell.

Das wäre schön und gut gewesen, hätte nicht der Marquis einen

Bruder gehabt, der Kardinal war. Auch der Kardinal war ein Gönner der Malerkunst, ja, in einem solchen Maß, daß zwischen den beiden Brüdern eine nicht unerhebliche Konkurrenz darum entstand, wer die besten Bilder hatte.

Und Baglione war nach wie vor Michels schärfster Konkurrent, meinte der Kardinal, so wie es die meisten Römer vermutlich auch sahen. Das Unglück war, daß er Baglione bat, einen *Göttlichen Amor* zu malen. Dies tat Baglione natürlich mit Freuden, auf seine übliche glatte, ansprechende Weise. Der Kardinal war von dem Resultat hingerissen. Er meinte einen Amor bekommen zu haben, der sich mit dem seines Bruders messen konnte, und belohnte Baglione mit einer dicken Halskette aus Gold.

Einiges mag darauf hindeuten, daß der Marquis der wirkliche Kenner in der Familie war.

## XII

Aber so weit war es mit Michels sinnlosem Hochmut gekommen: Er ertrug nicht einmal den Vergleich mit anderen. Alter Groll fand Nahrung in frischer Abneigung. Daß Baglione für seinen Amor mit einer Goldkette belohnt wurde, deutete Michel wahnsinnigerweise als eine Verhöhnung seiner selbst. Er wurde noch von dem Rabauken Onorio Longhi aufgestachelt, der sich nie eine Gelegenheit entgehen ließ, Krach zu provozieren – und ich war aus Padua zurückgekehrt und nahm an dem Feldzug leider auch selbst teil.

In allen Osterien und Bordellen der Gegend zwischen der Via della Scrofa und dem Tiber verbreiteten wir ehrenrührige Gerüchte über Baglione. Völlig verrückt wurde es, als Onorio und ich ein paar besonders schlechte Sonette zusammenschmierten,

die hier wiederzugeben mich niemand überreden wird, und wenn es der Henker mit seinen Daumenschrauben versuchte.[7]
Das Ungeheuerlichste war, daß die Schmähverse das großartige Geschenk des Kardinals auf äußerst herabsetzende Weise behandelten, sogar die Echtheit der Halskette in Zweifel zogen. Vielleicht wäre es trotzdem nicht so schlimm gekommen, wenn die Gedichte – falls man sie so nennen kann – nur Baglione behandelt hätten, doch sie erwähnten leider auch Mao Salinis schon erwähntes Pferdegesicht von Ehefrau und ihre stinkende und allzu weit offene Scham.
Man kann von unseren Versen zweifellos sagen, daß sie Hinkefüße hatten, aber gleichwohl humpelten sie in ein paar Tagen ihren Weg durch ganz Rom. Sie erreichten Baglione – und Mao Salini.
Baglione wäre vielleicht Manns genug gewesen, diese Torheiten auf sich beruhen zu lassen. Mao aber hatte nicht vergessen, wie ihn Michel auf offener Straße mit dem Stock geprügelt hatte. Jetzt konnte er hervortreten und behaupten, die Ehre seiner Frau (als hätte das Flittchen so etwas je besessen) erfordere Taten. Er entwickelte bei dieser Gelegenheit mehr Schlauheit, als man von einem solchen Dummkopf hätte erwarten sollen. Um Beweismaterial zu beschaffen, veranlaßte er einen versoffenen, jämmerlichen Maler namens Filippo Trisegni, ein paar Gedichte aufzuschreiben, so wie das Wrack sie in einer Osteria hatte vortragen hören. Zur Belohnung wollte Mao Filippo wohl ein paar Stunden Malunterricht geben – da kann man sich ja denken, von was für einem elenden Farbenkleckser die Rede war. Mit diesen Versen

7 Ein paar der Sonette finden sich transkribiert in Dell' Aqua und Cinotti: Il Caravaggio, Milano 1971. Hier nur ein Beispiel für das Niveau: Von Baglione ist als Giovanni Coglione (= Testikel) die Rede. (Anm. d. Hrsg.)

(in einer erbärmlichen Niederschrift, die sie auf jeden Fall nicht besser machte) hatte man die Grundlage für eine Anklage wegen Beleidigung und Ehrverletzung.

Die Behörden der Stadt handelten wie gewöhnlich so träge wie inkompetent. Onorio benutzte die Gelegenheit, sich davonzumachen; er reiste hinaus in die Campagna. Ein paar Tage später aber verhaftete man schließlich Michel Angelo, mich und – Filippo Trisegni!

Nun, Filippo, diese Hyäne von einem Farbenschmierer, wurde ein paar Tage später entlassen, nachdem er sein Bestes getan hatte, um uns andere zu verleumden. Michel und ich landeten im Stadtgefängnis auf dem Capitol. Zwar waren die Zellen dort etwas trockener als in den päpstlichen Kellern in der Tor di Nona, aber die Kakerlaken waren ebenso fett und die Kost ebenso ausgesucht schlecht.

Die Gerichtsverhandlung war von Anfang bis Ende Michels Vorstellung. Ich selbst war nur Statist, man stellte mir ein paar kurze Fragen und beförderte mich hinaus. Aber mein Freund aus Caravaggio sprach so laut und intensiv, daß ich, in Eisen in der Vorhalle sitzend, den Verhandlungen ohne weiteres folgen konnte.

Er erwartete Respekt, und er bekam ihn vom Gericht. Ich glaube, das lag nicht nur an dem unsichtbaren Ring großer Namen um ihn: Kardinäle, Bankiers, Marquis, Oberschatzmeister. Ebensosehr war es seine physische Erscheinung, diese brutale Kraft, die die stämmige, dunkle Gestalt ausstrahlte, sein gebieterisches Auftreten, ebenso deutlich wenn er malte wie wenn er trank und sich schlug oder sprach.

Mein Freund Michel Angelo Merisi genannt Caravaggio war ein Mann, der wohl lesen und schreiben konnte, der zehn, zwölf Bücher besaß, der aber über das Malfach hinaus nie eine eigentliche

Ausbildung genossen hatte. Wie die gelehrten Richter sehr genau wußten, war er nicht nur in einen Prozeß wegen Beleidigung verwickelt; er war mehrfach wegen Verstößen gegen die öffentliche Ordnung angeklagt gewesen. Gewiß hatte er Beschützer unter den wichtigsten Männern der Stadt, aber er verkehrte auch mit Huren und Kupplern und schmückte seine Sprache mit etlichen Blüten aus deren Mund. Nun hielt er den Richtern eine lange, ziemlich geschwollene Rede, ohne daran zu zweifeln, daß sie mit Interesse zuhören würden.

Er sprach von dem Unterschied zwischen guten und schlechten Malern. Er erklärte, die Ehre eines Malers sei eng geknüpft an die Arbeit, die er leiste, und nicht an sein bürgerliches Auftreten im allgemeinen. Er meinte offenbar, die Ehre eines guten Malers entbinde ihn in gewöhnlichen, bürgerlichen Angelegenheiten von Schuld; und umgekehrt könnten schlechte Maler von den guten folgenlos gekränkt werden, da ihre Untüchtigkeit sie von Anfang an ehrlos mache.

Im Hinblick auf Baglione erklärte er herablassend, der Mann sei nicht ganz ohne Talent, aber auch eine vorsichtige Person, an der Grenze zum Feigling. Zu Mao Salini hatte er dagegen nur folgende Anmerkung:

»Es mag sein, daß er sich amüsiert und etwas zusammenschmiert, aber ich habe nie eine *Arbeit* von diesem Mao gesehen.«

Dennoch leugnete er zum Schluß, die Verse geschrieben zu haben, indem er hochmütig erklärte, er gebe sich nicht ab mit derartigen Kindereien, weder auf latein noch in der Sprache des Volkes.

Das Gericht hörte wohl zu, aber es glaubte ihm nicht. Er wurde für schuldig befunden und in Haft genommen. Der Richter fand, Hausarrest sei in seinem Fall nicht ausreichend – um so mehr, als

er nach verschiedenen Schlägereien und Beleidigungen zu entsprechenden Strafen verurteilt worden war, ohne die leiseste Wirkung.
So wurde Michel zu den Galeeren verurteilt.

XIII | Auch der gute Richter soll Strafen verhängen; seine Güte liegt nicht in mangelnder Zucht, sondern in der *richtigen* Zucht und darin, daß er die den Umständen nach mildeste ratsame Strafe findet. Zum Beispiel kann er dafür sorgen, daß ein reuiger Ketzer ein nachträgliches Urteil weltlicher Art erhält und so dem Köpfen anheimfällt statt dem Scheiterhaufen.
Wie dem auch sei, im Hinblick auf die Härte der Strafe: Für einen Maler, nicht zuletzt für einen so arroganten und hochmütigen über sein Fach hinaus, mußte eine Sühne auf den Galeeren gleichbedeutend mit einem Todesurteil sein. Man kann sich vorstellen, wie die gefühlvollen Malerhände nach nur ein paar Monaten Schinderei mit den schweren Riemen auf einer Kriegsgaleere mit drei Ruderreihen aussehen würden. Außerdem gibt es sehr wenige Gefangene, die eine Verurteilung zu mehreren Jahren überleben, die harte Arbeit und die karge Kost reißen selbst den stärksten Körper langsam in Stücke. Onorio Longhi wurde *in absentia* verurteilt, würde aber um das Gefängnis herumkommen, wenn er eine Strafe von 1000 Scudi bezahlen konnte. Das Geld wie der Architekt tauchten bald auf, und Onorio konnte seine exzessiven Runden durch schlechte Osterien mit seinen bedenklichen Freunden und dubiosen Freundinnen fortsetzen.
Ich selbst wurde nur zu einem einjährigen Stadtverweis verurteilt oder, wenn man so will, zur Wiederaufnahme und Vollendung

meines Studiums in Padua; ein Urteil, das meine eigene Unbedeutendheit vollauf widerspiegelt, wenn auch vielleicht nicht meinen tatsächlichen Anteil an dem betreffenden Verbrechen. Es wurde allerdings ein Schicksalsjahr, denn als ich zurückkehrte, war ich kein Astronom mehr – und meine Vertrautheit mit Michel für immer zu Ende.

Doch wie aus meinem Bericht bis hierher deutlich hervorgegangen sein dürfte, gab es Menschen in den besten Kreisen, die die Malkunst dieses sauflustigen Schlägers bewunderten, so daß er immer wieder aus Umständen gerettet wurde, die für andere verhängnisvoll gewesen wären. Michel beendete seine Tage jedenfalls nicht auf den Galeeren. Der französische Gesandte beim Heiligen Stuhl höchstselbst griff ein und erreichte seine Begnadigung.

An der Oberfläche war dieser höchst ungewöhnliche Eingriff einigermaßen leicht zu erklären. Der Botschafter empfand eine Dankesschuld gegenüber Merisi aufgrund der Bilder in San Luigi, auf die die Franzosen in Rom mächtig stolz waren.

Im nachhinein habe ich angefangen, mich zu wundern. Diese verwirrten Episoden, diese anscheinend absurden Ausbrüche von Gewalt und Schikane mußten ja ein Muster bilden. Obwohl die Sünde an sich gerade Chaos, Mangel an Respekt vor dem göttlichen ordnenden Prinzip im Großen und Kleinen ist, müßte doch etwas darunterliegen, das zu begreifen wäre, und wenn nur mit Hilfe von Gottes Gnade und durch Eingreifen der Heiligen. Oder vielleicht ist es nur meine jahrelange Beschäftigung mit der Ordnung des Sternenhimmels, die mich so denken läßt. Ich habe viel Zeit darauf verwendet, nachzudenken, das Geheimnis zu finden, das im Zentrum all dieser dummen, verwirrenden Vorfälle liegt. Aber in Michels Universum habe ich kein solches Zentrum gefunden, weder eine Erde noch eine Sonne.

XIV | Nein, nein. Ich habe den Bericht durchgelesen und sehe, daß er nach wie vor allzu sprunghaft ist. Ich habe nicht einmal von dem Zeichen am Himmel erzählt, das meine Zeit als Astronom beendete. Möge die Heilige Jungfrau mir helfen, meine Gedanken zu sammeln, damit mein Leser nicht vor Ungeduld vergeht.

Der Mensch denkt, Der Herr lenkt. Die ganze gewaltige Entscheidung zwischen dem Alten und dem Neuen, zwischen Ptolemäus und Keplerus, ja, all unsere mühsame, anstrengende, akribische Arbeit zur Verbesserung unserer Berechnungen der Bahn der Sterne über das Firmament, zur Voraussage von Konjunktionen und Sonnen- und Mondfinsternissen, wurde in ein lächerliches Licht gerückt, als Der Herr in Seiner absoluten Allmacht einen völlig neuen Stern erscheinen ließ.

Diese leuchtende *stella nova*, die ganz ohne Vorwarnung am Himmel stand, lichtstark wie die Venus selbst, erfüllte Gelehrte in der ganzen christlichen Welt mit Furcht und Erstaunen. Von vielen wurde sie als Vorbote der baldigen Wiederkehr Des Herrn ausgelegt – es mußte ja derselbe Stern sein, den die Hirten auf dem Feld gesehen hatten. Andere sahen ihn als ein sicheres Zeichen von Kriegen, Pest und Erdbeben, als bedürfte es für so etwas, das zu unserem täglichen Los gehört, eines besonderen Zeichens.

Mich aber riß er heraus aus dem Irrtum, in dem – und für den ich so lange gelebt hatte. Ich blickte auf von meinen Studien der Berechnungen Keplers, auf zu eben dem Himmel, den er zu beschreiben versuchte, und begriff, daß ich auf der falschen Spur war. Was waren meine Beobachtungen und verbesserten Berechnungen von einer Stunde oder einer Bogenminute wert? Gott

Der Herr warf alle menschlichen Berechnungen und Modelle um; er setzte ohne die kleinste Vorwarnung einen völlig neuen Stern an den Himmel, wenn es Ihm beliebte!

Dies sagte ich auch Professor Galilei. Denn ich wußte, er hatte rein privat angefangen, bestimmte Manuskripte zirkulieren zu lassen, die vielleicht nicht so weit gingen wie Keplerus, aber auf derselben Idee aufbauten: die Sonne im Zentrum. Der Professor versicherte, er stimme mir zu, der neue Stern sei gewiß ein Zeichen Des Herrn, daß wir die klaren biblischen überlieferten Beschreibungen des Weltalls nicht anfechten sollten: *Es werden Lichter an der Feste des Himmels, die da scheiden Tag und Nacht und geben Zeichen, Zeiten, Tage und Jahre.*

Deutlicher kann man es nicht sagen. Vierzehn Tage danach war mein Jahr des Stadtverweises um, und ich zog direkt zurück nach Rom. Ich bekam, trotz meiner früheren Vergehen, eine bescheidene Stellung als Kopist in der Gesellschaft Jesu, wo ich nach wie vor beschäftigt bin, wenn auch inzwischen mit einer etwas verantwortungsvolleren Arbeit.

Hier habe ich mich von Versuchungen und Zechbrüdern ferngehalten.

Diesen langen Bericht habe ich angefangen im Auftrag der Kurie, aber ich muß gestehen, daß er nach und nach begonnen hat, sein eigenes Leben zu leben, daß ich ihn ebensosehr für mich selbst geschrieben habe, um all diese Gedanken zu ordnen, die mir da oben auf dem Gianicolo jeden Abend kommen. Wo aber wird er enden?

Michels Unglück lag offenbar in mehreren Dingen begründet, die allerdings zusammenhingen. Denn all diese Dinge haben ein und denselben Ursprung: Der Maler setzte sich selbst und seine Beobachtungen an die erste Stelle, als Grundlage für alles. Er war ein Kepler, ein Tycho, ein Protestant. Das Unglück mußte ihn treffen.

Das eine ist sein zerstörerischer Drang, alle, die nicht seine engen Freunde waren, zu seinen erbitterten Feinden zu machen. Ranuccio dachte offenbar an die Ehre seiner Malerfreunde, als er (so ist es mir erzählt worden) aus seinem Haus stürzte und anfing, Michel zu beschimpfen. All die Beleidigungen, all der Hohn und Spott, den Michel über seine weniger begabten Kollegen ausgeschüttet hatte, Mao Salinis alberne Wut, Zuccaris aufgeblasene Eitelkeit, Bagliones gekränkter Berufsstolz – alles floß zusammen in Ranuccios Schwert.

Wenn ich davon überzeugt bin, daß dies der eigentliche Grund für den fatalen Kampf war, trotz allen Geredes über eine Wette, eine Spielschuld und ich weiß nicht was, liegt das auch an einer Reihe merkwürdiger Vorkommnisse, die sich danach abgespielt haben und die ich hier nicht eingehend referieren muß. Es geht, in aller Kürze, darum, daß Baglione auf dem Weg von Santa Trinità dei Monti nach der Messe von vier Malern überfallen wurde. Die Maler waren Freunde – oder vielleicht eher jugendliche Anhänger – von Michel. Die Sache wurde offiziell mit Geldstrafen geregelt und als Schlägerei unter Betrunkenen hingestellt.

Daß Maler in Schlägereien geraten, ist nichts Neues. Doch es muß einen Grund dafür geben, daß die Grünschnäbel auf den würdigen Baglione losgingen. Ich für meinen Teil bin nicht im Zweifel darüber, daß der Malernachwuchs Baglione direkt oder indirekt dafür verantwortlich machte, daß Caravaggio (wie ihn heute jeder nennt) aus der Stadt fliehen mußte, und man den verschwundenen Meister auf diese unbedachte Art unterstützen wollte.

Eine andere der Ursachen des Unglücks heißt Onorio Longhi. Das Gemüt dieses Mannes kann von lustiger, beinah übertriebener Freundlichkeit über eine dunkle, gefährliche Melancholie zur reinen Bosheit wechseln. So ist er vor allem, wenn er trinkt, und das tut er meistens. Michel hätte sich von einem solchen Mann fernhalten sollen, statt dessen aber machte er den Architekten zu seinem besten Freund – wieder eine Folge dieses Bedürfnisses, alles schwarz und weiß zu malen und Entscheidungen zu treffen, die schließlich ihm selbst am allermeisten schaden.

Selbstverständlich hatten sie getrunken an diesem unglückseligen Abend, auch Ranuccio und seine Freunde. Der Weg vom Wort zum Schwert war noch kürzer als sonst. Trotzdem – wenn ich dem glauben soll, was mir Augenzeugen erzählt haben – hätte sich das Feuer vielleicht löschen lassen, hätte es Onorio nicht mit größter Freude geschürt.

Mein Zeuge ist Korporal Paolo, der mit Michel und Onorio zusammen war. Er sagt, Ranuccio, dessen Bruder und zwei weitere Männer seien gerade aus dem Haus gekommen, als Michel, Onorio und die anderen vorbeigingen. Michel konnte seine Zunge nicht zügeln, wie gewöhnlich. Möge Die Heilige Mutter mir vergeben, aber ich muß seine Worte wiedergeben, genauso wie sie gefallen sind. Er rief Ranuccio zu:

»Hat dir Farbkleckser Salini in letzter Zeit den Schwanz gesaugt, Tomassoni? Oder ist dir seine zahnlose Alte lieber?«

Ranuccio aber zuckte nur die Achseln:

»Du schuldest mir zehn Soldi, Maler«, sagte er. »Aber jeder weiß, daß man sich auf dich nicht verlassen kann, weder auf dein Wort noch in Geldangelegenheiten. Ein Schuldschein von dir ist genauso wertlos wie deine albernen Schimpfworte. Ich muß das Geld wohl selbst holen, wenn ich es haben will?«

Michel blieb stehen, etwas unsicher. Da rief Onorio:

»Er beleidigt dich, Michel! Dieser dickköpfige Freund der

schlimmsten Farbenschmierer der Stadt erlaubt sich, über dich eine Meinung zu haben! Wir gehen runter zum Spielplatz – ich bin gern dein Sekundant!«

Mein Zeuge, Korporal Paolo, schwört, daß er versucht habe, sie aufzuhalten, und das gleiche tat einer der Freunde von Ranuccio. Jetzt aber schlenderten die beiden weiter, knufften und beschimpften einander, bis sie hinunter zum Platz kamen. Dort griffen beide zu den Schwertern.

*Denn wer das Schwert nimmt, der soll durchs Schwert umkommen.*

*Hier endet also Innocenzo Promontorios eigentlicher Bericht, der weitaus ausführlichste von denen, die gefunden wurden. Allerdings hat dieselbe Person noch eine kurze Bemerkung zu dieser Sache verfaßt. Diese ist – aus Gründen, die sich als offensichtlich erweisen werden –* nach *den anderen Berichten geschrieben worden, und ich ziehe es deshalb vor, sie am Schluß wiederzugeben, wo sie chronologisch hingehört. (Anm. d. Hrsg.)*

## *Bericht des Onorio Longhi*

*Auftragsgemäß reiste ich nach Mailand, um den Bericht des Onorio Longhi hinsichtlich der Umstände um Merisis Untat und Flucht aus Rom aufzuzeichnen. Die Erklärung dieses Mannes war so kurz, daß ich sie schlicht und einfach hier in ihrer Gesamtheit wiedergebe, so wie ich sie gleich nach dem Gespräch aufgrund von Notizen niedergeschrieben habe. Dennoch möchte ich zunächst meinen Eindruck, den ich von dem Architekten Longhi gewann, schildern: Er ist mehr als mittelgroß und kräftig gebaut, an die vierzig, hat grobe Gesichtszüge, braunes Haar von mittlerer Länge und einen eher dünnen, ziemlich hellen Bart. Er sprach anfangs langsam, aber mit fester Überzeugung, später kamen seine Worte so schnell, daß ich Mühe hatte, alles zu verstehen; und sein Tonfall wurde fast weinerlich. Ein Mann, der seiner eigenen Bildung und Bedeutung sicher war, der aber instabil wirkte und einen etwas närrischen Eindruck machte, gekleidet in einen Anzug aus reichem, schwarzem Samt, der für seine Stellung allzu elegant gewirkt hätte, wäre er nicht so jämmerlich blankgewetzt gewesen.*

*Ich war bestrebt, seinen höchst unpassenden Sprachgebrauch genau wiederzugeben, obwohl viele seiner Worte meiner Feder schwergefallen sind, ja, in einem Maße, daß ich kaum imstande war, durchzulesen, was ich selbst geschrieben habe. Es erfüllt mich mit Abscheu, die Grenzen der Schicklichkeit zu überschreiten, und wahrscheinlich hätte ich es auch nicht tun sollen, selbst wenn das Motiv ausschließlich die Rücksicht auf die Wahrheit war. Ich war dennoch der Meinung, dies sei in diesem Fall das Richtigste, möge Gottes Heilige Mutter mir mit ihrer Vergebung beistehen.*

*Einleitend bat ich ihn um eine genaue Darstellung der Umstände der Tat, und danach forderte ich ihn auf, von sich selbst zu erzählen und wie er der Gerechtigkeit entronnen war:*[1]

Politik ist eine Krankheit.
Oder ist sie ein Teil der sündigen Natur der Menschen? Ist es wirklich so: Wenn eine Herde Weiß trägt, muß eine andere Herde gleich zum Schneider laufen, um sich schwarze Anzüge nähen zu lassen? Wenn manche die Papstmacht unterstützen, sind andere gezwungen, Körper und Seele für den Kaiser zu opfern, wenn sich manche den Spaniern anschließen, werden wir anderen von unseren Dämonen getrieben, alles für die Sache der Franzosen einzusetzen?
Ich weiß es nicht mehr. Ich weiß nur, daß der 28. Mai ein Tag der Katastrophen war.
Im Januar a. D. 1605 haben wir uns alle so gefreut. Der weiße Rauch war das Zeichen dafür, daß Alessandro de' Medici aus Florenz gewählt worden war, und wir in der Stadt sahen neue Zeiten vor uns – ein Ende des Einflusses der dummen, reaktionären Spanier, eine Zeit, in der die Leute Meinungen haben und sie sagen konnten, ohne Gefahr zu laufen, daß man ihnen die Gliedmaßen zerquetschte, die Zunge herausriß und ihren Kopf auf einer Stange ausstellte. Die Leute strömten durch die Straßen und riefen: »Frankreich hat gesiegt! Gesegnet seien die Franzosen! Es lebe Frankreich! Es lebe Florenz!«
Wir wissen, was passiert ist. Der Papst aus Florenz starb plötzlich,

1 Dies ist offenbar ein eigener Kommentar des Schreibers, da er in derselben Handschrift abgefaßt ist wie der Bericht selbst. (Anm. d. Hrsg.)

und ich werde mich hüten, eine Meinung darüber zu äußern, woran er eigentlich starb. Es wurde ein unruhiges Frühjahr. Die Stadt war nahezu gesetzlos, kleine Banden regierten auf den Straßen. Im Campo Marzio war Giovan Franscesco Tomassoni *caporione*. Er und seine Brüder hatten in dieser Region ihr eigenes kleines Heer aufgestellt. Nach den Unruhen im Winter saßen einige ihrer spanisch gesinnten Freunde in den Zellen auf dem Capitol, aber Giovan Franscesco stürmte mit seinen Männern herein, schlug die Gefängniswärter nieder und bekam die Freunde frei.

Wir Franzosenfreunde hatten wenig zu sagen. Mit der Wahl Seiner jetzigen Hochehrwürden kam die spanische Partei an die Macht. Er wurde am 28. Mai erhoben, und ich will nicht verhehlen, daß wir die Erhebung dieses Borghese-Sprößlings schwernahmen. An diesem Tag tranken und stritten wir mit allen, die spanischfreundlich aussahen, Leuten, die wir als Zierpuppen betrachteten, mit hohem Hut, Zopf und schwarzen Seidensocken. Michel wurde natürlich verhaftet, ich weiß nicht, zum wievielten Mal.

Und kam wieder frei, wie gewöhnlich. Er wurde übrigens später im selben Sommer noch einmal – oder war es mehrmals? – verhaftet. Ach, Michel, er hätte ein ganzes Rudel Polizisten beschäftigen können. Dann war da wohl etwas mit einem Notar und einer Frau, einer unbedeutenden Hure, die er als Modell benutzt hatte und die ihn danach nicht mehr in Ruhe ließ. Er bekam eine Menge Ärger mit ihr.

Aber das war etwas ganz anderes. Was ich eigentlich erzählen will, passierte ja im Jahr darauf, am Jahrestag der Erhebung des Borghese-Papstes. Die Stadt war voller Menschen, die den Tag feierten. Ein Jahr ist für die meisten ziemlich lange. Die Menge auf der Straße hatte ihre Abneigung gegen die Spanier vergessen und bejubelte das Feuerwerk, das Seine Heiligkeit auf dem Castel Sant' Angelo zünden ließ.

Doch nicht alle hatten vergessen. An diesem Abend waren wir zu viert, Hauptmann Petronio Troppa, Korporal Paolo aus Bologna neben Michel und mir selbst. Wir hatten die Aufmärsche angesehen, die die Franzosen und die Spanier an ihren Kirchen arrangiert hatten, und waren uns alle verdammt einig, daß der französische der prächtigste war. Wir waren unterwegs zum Spielplatz am Campo Marzio. Als wir am Haus dieses unglückseligen Schurken, dieses spanischfreundlichen Dummkopfes Ranuccio Tomassoni vorbeigingen, hörten wir von innen Stimmen, die riefen, Michel solle stehenbleiben.

Ich selbst trage keine Waffe und Paolo auch nicht. Der Hauptmann dagegen war bewaffnet, und Michel ging ohne sein gutes Schwert nie irgendwo hin. Die vier Männer, die aus dem Haus kamen, hatten alle schwere Waffen. Trotzdem konnte Michel sein Mundwerk nicht zügeln, da ebensowenig wie sonst irgendwann. Er rief Ranuccio zu:

»Hau ab und saug einem spanischen Kardinal den Schwanz! Die brauchen jetzt ein bißchen Trost nach ihrem jämmerlichen Aufmarsch!«

Ich erkannte sofort einen narbigen Krieger, mit dem zusammen ich viele Gläser getrunken hatte, bevor diese Satanspolitik uns trennte. Es war Ranuccios Bruder Giovan Franscesco, den ich schon erwähnt habe, der Mann, der die spanischfreundlichen Radaubrüder befreite. Er wollte sofort auf Michel losgehen, aber Ranuccio hielt ihn zurück:

»Ich bin rausgekommen, um Geld von dir zu fordern«, sagte er. »Du schuldest mir noch zehn Scudi von neulich, als ich dich beim *pallacorda* geschlagen habe. Aber jetzt klingst du, als ob du eine größere Schuld bezahlen möchtest!«

Michel antwortete:

»Ich habe noch nie ein Ballspiel gegen einen spanischen Schwanzsauger und päpstlichen Arschlecker verloren!«

Während die beiden zankten, waren wir hinunter zum Rand des Platzes gekommen. Da zog Ranuccio das Schwert und lief auf Michel zu.

»Entschuldige dich oder kämpfe!« rief er.

Michel stand ruhig da.

»Ein Mann hat nichts zu gewinnen, wenn er gegen einen wie dich kämpft«, sagte er. »Sei lieber vorsichtig, Ranuccio! Die Wette hast du schon verloren, warum willst du jetzt auch noch den Kopf loswerden?«

Da hob Ranuccio das Schwert und schlug die Klinge hart, aber mit der flachen Seite der Klinge Michel auf den Kopf. Unser Freund Hauptmann Petronio zog blank und trat vor, und das gleiche tat Giovan Franscesco Tomassoni. Michel griff sich an den Kopf, und wie wir sahen, blutete er so stark, daß das Blut Wange und Hals hinunterfloß. Dann zog er schließlich das Schwert und ging auf Ranuccio los.

Sie waren beide gute Fechter, Ranuccio schwerer und kräftiger, Michel schneller. Die Sonne war halb hinter der Gianicolo-Höhe versunken. Wir hörten die Geräusche von Stiefeln, die sich schnell über den trockenen Sandboden bewegten, und von den Klingen der Schwerter, die hart aufeinanderschlugen. Keiner sagte etwas, keiner von uns kam mit anfeuernden Zurufen, nicht einmal Petronio oder Giovan Franscesco, die mit blanken Schwertern stehengeblieben waren, als seien sie Sekundanten und dies ein ehrenvolles Duell.

Aber es war kein Duell, es war eine idiotische, blinde Schlägerei, auf Leben und Tod. Wir sahen es alle. Michel wurde zurückgetrieben. Er reagierte immer zu spät, begegnete dem Hieb des Gegners im letzten Augenblick, so daß er zwar parierte, aber nicht dazu kam, sich zu einem eigenen Ausfall zu sammeln. Mehr und mehr Blut floß aus der Wunde am Kopf, es sah aus, als behinderte es seine Sicht, und der Blutverlust begann an seinen Kräften zu zehren.

Dann passierte alles auf einmal. Hauptmann Petronio rief: »Genug!« und trat mit erhobener Klinge vor. Er hatte wohl vorgehabt, sie aufzuhalten, aber bevor er so weit kam, war Giovan Franscesco über ihm und versetzte ihm einen gewaltigen Hieb in die rechte Schulter. Petronio schrie, ließ das Schwert los und sackte zusammen. Ranuccio war gerade im Begriff, einen Ausfall zu machen, wurde aber durch den Zwischenfall gestört und stolperte fast, so daß er ein paar schwankende Schritte nach hinten machen mußte.

Michel sah die Öffnung und stieß zu. Das Schwert ging tief in Ranuccios linke Seite, und er fiel. Auf mich wirkte es so, als ob er tot war, bevor er zu Boden ging.

Da lagen sie, die beiden: Petronio stöhnte immer wieder, kurz und japsend, Ranuccio war voller Blut und still. Es waren viele Menschen zusammengelaufen, das war uns während des Kampfes entgangen. Einige riefen nach Wachen und der Polizei. Da rannten wir alle miteinander. Ich wollte Michel stützen, aber er schob mich weg und sagte, er werde sich schon in Sicherheit bringen.

Weiter ist darüber nichts zu erzählen. Freunde, deren Namen ich für mich behalten werde, halfen mir raus aus Rom, hierher nach Mailand, meiner Geburtsstadt. Hier habe ich auch Freunde, die dafür gesorgt haben, daß ich Arbeit als Militärarchitekt bekam.

Es wirkt vielleicht merkwürdig, daß ich für die Spanier arbeite, nachdem Sie gehört haben, was wir in Rom von ihnen hielten? Wie gesagt, ich weiß nichts mehr von Politik. Außerdem kann es sich ein Mann im Exil nicht leisten, wählerisch zu sein! Ich bin tüchtig, ich war schon vor vielen Jahren mit in Flandern. Ich kenne das Handwerk des Krieges, ich habe Menschen erheblich elender sterben sehen als den Dummkopf Ranuccio: Soldaten, denen der obere Teil des Kopfes weggeschnitten, die Beine zerschmettert waren, denen die Gedärme heraushingen, bis die Kameraden sie eilig wieder an ihren Platz stopften, um dem Sterbenden den Anblick zu ersparen. Ja, wenn der Feind zusammengekettete Kanonenkugeln schießt, schwirren sie so durch die Luft, daß die Kette alles zweiteilt, ob es ein Mensch ist oder ein Pferd!

Nun gut. Ich beobachte, mache genaue Skizzen der Befestigungen und wichtigen Städte des Feindes. Ich kann Brücken und Schanzen bauen, Minen sprengen, Laufgräben unter die Stellungen des Feindes graben. Im Notfall kann ich Kanonier sein und ballistische Berechnungen anstellen. Ich bin Spion, Sprengexperte, Ingenieur, und man bezahlt mich mit spanischem Gold. Daraus ist mir doch kein Vorwurf zu machen? Die Spanier sind ja die besten Freunde Seiner borghesischen Heiligkeit?

Aber ich vermisse die Stadt. Und am meisten vermisse ich meinen Freund, den Maler, meinen Landsmann, meinen Zechbruder Michel, Michel Angelo, den verrückten Merisi aus Caravaggio. Wir gehören zusammen, er und ich, wir sind wie Brüder oder zumindest Vettern: Unsere Väter waren in ihrer Jugend hier in der Lombardei Freunde! Er hat es ja bis nach Neapel geschafft, habe ich gehört; auch er mußte sich auf spanischen Boden retten! Und es gehen Gerüchte, daß er auf Malta war, bei den Johannitern. Ja, das ist genau das Richtige für ihn! Einige sagen sogar, daß er in den Orden aufgenommen, Ritter wurde, daß er, falls nötig, für unsere heilige christliche Sache gegen die Ungläubigen kämpfen soll! Es wird ja erzählt, wie der Großmeister de La Valette seinerzeit die Köpfe türkischer Gefangener benutzte, um sie zu den Belagerungstruppen zurückzuschießen. Das wäre ein Motiv für Michel gewesen! Ja, das wäre es wirklich, ha ha ha …

Übrigens, mein Lieber! Seine Heiligkeit schätzt tüchtige Maler, habe ich gehört. Bitten Sie ihn, Michel zu begnadigen, dann kann er seine Sammlung um die herrlichsten Bilder bereichern. Bitten Sie ihn, die Politik zu vergessen, sagen Sie ihm, er soll auf Michels Lebensweise pfeifen. Ist nicht ein Maler für die Ewigkeit mehr wert als das Leben eines Soldaten und Schlägers? Und wenn er sich wirklich vorstellen kann, Michel zu begnadigen, bitten Sie ihn schön darum, daß er mich mit in Kauf nimmt. All das kommt von der Politik, aber diese Art menschliche Rechthaberei interessiert mich nicht mehr, habe ich gesagt! Weiß oder schwarz, Franzose oder Spanier, einerlei. Ich bin von Geburt her Lombarde, von den Sitten her Römer. Ich will zurück nach Rom, ich habe nichts Schlechtes getan, ich hatte nur das Pech, Zeuge dieser idiotischen Balgerei auf dem Spielplatz zu sein …

*Bericht des Paters Giovan Battista Merisi*

Man hat mich gebeten, eine Betrachtung über meinen Bruder, den Mörder, zu formulieren. Es ist zu betonen, daß ich nur mit der größten Überwindung und nur, weil es mir auferlegt ist, diese Zeilen niederschreibe.

Wir kommen aus einer guten lombardischen Familie. Unsere frühe Kindheit war, soweit ich mich erinnern kann, stets glücklich bis zu dem Jahr, in dem mein Bruder sechs wurde und ich selbst fünf. Da traf uns das größte allen möglichen Unglücks: Die Pest raffte nicht nur unseren Vater dahin, sondern auch seine Eltern.

Es ist schlimm für einen Jungen, ohne seinen Vater aufzuwachsen. Ich selbst habe ihn mein ganzes Leben entbehrt, wie bei einem Rätsel, auf das ich nie Antwort bekam, einem kryptischen Text ohne Auslegung. Was hätte mein Vater heute gesagt? Was hätte er getan? Was geraten?

Doch noch schlimmer muß es für meinen Bruder Michel gewesen sein. Die sanfte und zugleich strenge Hand eines Vaters hätte ihn vielleicht von Kindheit an auf bessere Wege führen können. Ja, das glaube ich bestimmt. Unser Vater war ein geachteter Mann, der für die berühmte Familie Colonna arbeitete, ein Mann, der sich Respekt verschaffen konnte. Mutter – Friede ihrem seligen Andenken – in ihrem armseligen Witwenstand war mit so etwas überfordert, besonders gegenüber Michel. Er hatte eine trotzige, eigensinnige Natur, was nicht zuletzt ich als der Jüngere zu spüren bekam. Die Hände des Malers halten weich den Pinsel, aber ich bin Zeuge, daß sie auch ziemlich hart sein konnten!

Deshalb kam mein Bruder früh aus dem Haus und in die Lehre bei

Simone von Bergamo, einem ehrenhaften, christlichen Mann, hochangesehen sowohl wegen seiner Altarbilder als auch wegen seiner Lebensführung. Wenn Michel bei seinen seltenen Besuchen davon sprach, hatten wir allerdings den Eindruck, daß die beiden nicht allzu gut miteinander auskamen. Die Sache war die, daß der Junge es nicht lassen konnte, die Arbeit seines Meisters zu kritisieren, so daß dieser etliche Male zum Tauende greifen mußte.

Nun ja. So wuchsen wir jeder in seine Richtung, noch bevor wir wirklich getrennt wurden. Ich habe meinen Bruder Michel Angelo seit fast achtzehn Jahren nicht länger als ein paar Sekunden gesehen, damals teilten er, ich und unsere Schwester Catarina die wenigen Habseligkeiten, die unser mütterliches Erbe waren. Er war gerade neunzehn geworden und eben aus dem Gefängnis in Mailand entlassen, wo er mehrere Monate lang gesessen hatte, während Mutter krank wurde und starb.

Der Aufenthalt im Gefängnis war die Folge eines Vorfalls in einem der zweifelhaften Häuser der Stadt. Folgendermaßen ist er mir erzählt worden: Ein bekannter Bürger wurde dort bewußtlos hinausgetragen, und eine schreiende Hure blieb mit einer Schnittwunde, die ihren rechten Augapfel zweiteilte und die ganze Wange bis zum Kinn hinunter spaltete, zurück. Der Mann starb ein paar Tage später in seinem Haus. Die Hure hingegen kam durch, obwohl ihr Gesicht so entstellt war, daß sie keine große Hoffnung haben konnte, ihr schändliches Gewerbe wiederaufzunehmen. (Vielleicht war also in diesem entsetzlichen Ereignis doch Gnade verborgen.)

Die Hure bezeichnete meinen Bruder und zwei weitere Männer als die Verantwortlichen für den Angriff auf den Mann und sagte, ihre eigene Verletzung sei zustande gekommen, als sie versucht

habe, die Schlägerei zu beenden. Mein Bruder wurde sofort verhaftet, leugnete aber jede Kenntnis der Sache und konnte folglich auch seine Mittäter nicht angeben. Es wurde, soweit mir bekannt ist, keine Form des peinlichen Verhörs angewandt, vielleicht aufgrund der Jugend meines Bruders, wahrscheinlich aber, weil man das Zeugnis einer Hure als nicht zuverlässig genug betrachtete.
Auf jeden Fall wurde Michel Angelo nach einigen Monaten freigelassen, ohne daß der Fall eigentlich abgeschlossen worden wäre. Er verlangte die sofortige Aufteilung des Erbes, da er aus unserer Heimatstadt weg und nach Rom ziehen wollte. Ich hatte damals schon beschlossen, mein Leben der Kirche zu weihen.
Ich schreibe dies, wie gesagt, auf Befehl von oben und nicht, um meinen Bruder zu entschuldigen. Dennoch darf ich sagen, daß die Monate, die er als sehr junger Mann im Gefängnis zubrachte, ihn ungeheuer beeinflußt und verändert haben. Er war ein unbedachter, allzu wilder Jüngling, als er sich in diese Geschichte verwickelte, trinkfreudig und mit zweifelhaften Freunden, ein trotziger, großmäuliger Junge, der von allen Dingen auf der Welt nur die Malerei ernst nahm. Er kam heraus als ein düsterer, erwachsener Mann, mit einem tiefen, harten Lachen, das ich bei ihm nie zuvor gehört hatte. Ich weiß nicht, was ihn so verändert hatte: die Hoffnungslosigkeit, das Zusammensein mit ausgekochten Verbrechern, die Gewißheit, daß er unschuldig war (wenn er es denn war), ihm aber nicht geglaubt wurde. Das Schlimmste war, daß er sich entschlossen hatte, seine Ausbildung als Maler aufzugeben.
Nun, in Rom nahm er die Malerei wieder auf, er hatte wohl keine Wahl, er konnte ja nichts anderes. Selbstverständlich erreichten mich Gerüchte über sein Leben: Huren, Schlägereien auf offener Straße, Verhaftungen, skandalöse Gemälde. Ich selbst versuchte die ganze Zeit, so unangreifbar rein zu leben, wie ich konnte; es

war, als müsse ich meinen Lebenswandel gegen den meines Bruders aufwiegen, das weiße Schaf in der Herde des Hirten der Seelen sein, um so weißer, je schwärzer mein Bruder sich ausnahm.
In meiner bescheidenen Berufung habe ich versucht, die Traurigen zu trösten, den Gefallenen zu vergeben, Mittel einzusammeln, um die Hungrigen zu sättigen und die Frierenden zu kleiden. Man hat gesagt, vielleicht mit Recht, ich sei zu mild gegenüber den Sündern, ich machte zu selten Gebrauch von der Zuchtrute. Deshalb empfand ich wirklich Verantwortung für diesen einen Sünder, der mir am allernächsten hätte stehen sollen. Als Geistlichem und als Bruder war es an mir, etwas zu tun, um ihn zur Besserung zu mahnen.
Ich versuchte auch wirklich einmal, mit ihm zu sprechen. Es ging nämlich das Gerücht, er sei in den berüchtigten Fall um die Cenci-Familie verwickelt, aber nicht zur Verantwortung gezogen worden, weil es keine Beweise gab. Einige behaupteten sogar, er sei ein allzu enger Freund der hingerichteten Beatrice, der Vatermörderin, gewesen!
Dies beunruhigte mich natürlich zutiefst. Mein Bruder, der selbst ohne Vater aufgewachsen war – er konnte doch wohl nicht auf irgendeine Weise dabei mitgewirkt haben, noch eine Familie vaterlos zu machen? Sicher waren es Gerüchte, aber allein, daß ein solches Gerücht aufkommen konnte! Ich reiste in Die Stadt und fand den Palazzo Madama, wo er bei einem nicht unbekannten Kardinal wohnte, der, wie ich mit tiefem Bedauern zugeben muß, kein ganz einwandfreies Urteilsvermögen hatte. Ich meldete mich am Tor, bekam aber nach wenigen Minuten den Bescheid, mein Bruder wünsche nicht mit mir zu reden. Ich wiederholte mein Anliegen und betonte, ich sei weit gereist nur um dieser Begegnung willen.

Da bekam ich ihn wirklich zu sehen, ein paar Sekunden, wie schon erwähnt. Der Diener hatte mich in der Halle warten lassen. Eine große, prächtige Treppe herunter kam jetzt Michel, zusammen mit einem schönen, jungen Knaben, der nur ein seltsames weißes Gewand trug.

Was er, die Treppe herunter, zu mir sagte – oder, genauer gesagt, mir zurief –, wünsche ich keinesfalls wiederzugeben. Genügen muß die Andeutung, daß er ungewöhnlich grob auf die Beziehung zwischen Christus selbst und dem Heiligen, nach dem ich getauft bin[1], anspielte.

So war er, mein Bruder. Der Herr möge mir vergeben, aber nach diesem Tag habe ich nichts Brüderliches mehr für diesen Menschen empfunden, der dieselben Eltern haben soll wie ich selbst. Wir hatten uns seit zehn Jahren nicht gesehen, ich machte eine lange Reise, um ihn zu sprechen – und er wollte mich nicht treffen, sondern jagte mich mit einer vulgären Schlüpfrigkeit, bestimmt für die kurze Belustigung eines jungen Mannes, davon.

Als ich jetzt von seinem Unglück hörte, zog ich sofort den Schluß, daß Ketzerei der Grund sein mußte. Ein Mann, der seine eigenen kapriziösen Einfälle höher einschätzte als die Bande des Blutes und der Familie, hatte selbstredend auch keinen Respekt vor der offenbarten und überlieferten Wahrheit. Das war der einzig mögliche natürliche Schluß. Dieser Ranuccio Tomassoni war vielleicht ein Schurke, aber offenbar ein guter Christ. Deshalb zog er das Schwert gegen meinen Bruder, den Gotteslästerer Michel Angelo Merisi aus Caravaggio, zur Verteidigung des heiligen katholischen Glaubens und seiner eigenen Ehre. Ich versuche, ein reines, einfaches Leben zu führen, mein Bruder ist ein Mörder

1 Giovan (Giovanni) Battista ist die italienische Form für Johannes der Täufer. (Anm. d. Hrsg.)

und Ketzer, der Die Kirche entehrt, indem er seine eigenen Beobachtungen und Einfälle über die heiligen Normen für Anstand und Würde stellt.

Nach den letzten Ereignissen machte ich noch eine Reise in Die Stadt. Vielleicht war es gotteslästerliche Neugier, die mich trieb, aber ich mußte *die Bilder* sehen. Ein Mörder war geflüchtet, aber wir trugen trotz allem denselben Familiennamen, ein Name, der vielleicht aufgrund dieser seiner Gemälde weiterleben würde.

Sie bestärkten mich nur in meiner Auffasssung. Man sagt, es seien »gute Bilder«. Und natürlich kann er malen – man stelle sich vor, dieser Mann hätte seine reiche Begabung dazu verwendet, *gute Bilder* im geistigen Sinne zu malen! Doch seine Arbeitsweise, das allzu mechanische Kopieren der Natur, erinnert unbedingt an andere ketzerische Gedanken dieser Zeit. Wäre es nicht klar, daß ein trinkfreudiger Schläger wie mein Bruder wohl kaum weiß, was am Himmelsgewölbe oben und unten ist, noch weniger den Unterschied zwischen einem Planeten und einem Fixstern kennt, könnte man ihn sich gut als einen Anhänger der gefährlichen Gedanken des Keplerus vorstellen.

Obwohl ich ihn hier vielleicht unterschätze. Einer seiner besten Freunde in Rom soll ein berüchtigter alter Buchhändler an der Piazza Navona gewesen sein, der zwei- oder dreimal unter Anklage stand, verbotene Bücher verkauft zu haben. Falls Michel selbst diese nicht gelesen hat, ist es doch ein natürlicher Gedanke, daß über diese ketzerischen Schriften gesprochen wurde.

Aber nirgends kam seine Ketzerei so klar zum Ausdruck wie bei der Wahl seiner Modelle.

Gleich als ich nach Rom kam, erreichten mich entsprechende Gerüchte. Besonders sprach man von dem Bild *Marientod*, das die Karmeliter in Santa Maria della Scala bestellt hatten. Angeblich zeigte es Unsere Heilige Mutter nicht in einem gesegneten Zustand des Übergangs von der irdischen zur himmlischen Sphäre, sondern im Gegenteil als gewöhnliche, simple Leiche, schon angeschwollen – als ob die brutalen Prozesse des leiblichen Todes nicht Marias heiligen Leib verschonen müßten!

Das allein konnte ausreichen, daß ein frommer Mann das Schwert gegen ihn erhob.

Die Karmeliter konnten das Bild selbstverständlich nicht gebrauchen. Es wurde über einen ausländischen Aufkäufer, zweifellos einen Lutheraner, an einen italienischen Fürsten verkauft – ach, einen dieser Mächtigen, die irdisches Gut höher als himmlische Wahrheit schätzen.

Ich versuchte, der Sache auf den Grund zu gehen, erfuhr aber, daß es nur einen Menschen gab, der mir helfen konnte – wiederum eine Frau, die meinen Bruder besonders gut gekannt hatte. Die Bruchstücke, die ich hörte, bewirkten, daß ich es trotz aller Einwände für absolut erforderlich hielt, sie aufzusuchen – eine Signorina Fillide Melandroni.

Ich tat es nicht mit Freude. In der ganzen Stadt verbreitet war nämlich die Geschichte, wie diese alternde Hure durch ihre Künste einem ungefestigten jungen Mann namens Giulio Strozzi, der als Erster Notar am Heiligen Stuhl vorgesehen war, den Kopf verdreht hatte. Sie war zunächst auf päpstlichen Befehl aus Rom verwiesen worden, auf Initiative des Vaters des jungen Mannes, dann aber begnadigt worden und zurückgekehrt. Sie öffnete selbst die Tür.

Fillide Melandroni war noch immer eine schöne Frau. Gott schütze meine Gedanken, aber mir fiel ein, daß der künftige Erste Notar vielleicht doch kein kompletter Idiot war. Ich sagte, wer ich war, und erklärte mein Anliegen.

»Begleiten Sie mich nach Santa Maria sopra Minerva, Pater?« fragte sie.

Wie man begreifen wird, war ich nicht nur begeistert von dem Gedanken, am hellichten Tag zusammen mit einer wohlbekannten, wenn auch etwas bejahrten Hure durch die Straßen der Stadt spazieren zu sollen. Aber wenn die Frau mir etwas Wichtiges zu erzählen hatte und dies im Hause Gottes geschehen mußte, war es meine Pflicht, sie zu begleiten.

Wir gingen zusammen in diese Kirche, die nach meiner schlichten Meinung vielleicht die schönste in ganz Rom ist. Die hohen Gewölbe und die leuchtende blaue Farbe an der Decke führen die Gedanken sofort in himmlische Sphären, ja, die spitzen stolzen Bogen streben hinauf, direkt zum Herrn, sie sind wie Pfeile, die den rechten Weg weisen.

Fillide Melandroni zündete eine Kerze vor dem Altar an, wo der Sarkophag der heiligen Katharina steht. Dann setzten wir uns, und sie begann zu erzählen.

»Sie müssen die Geschichte von Anna Bianchini hören, das ist die, die Sie suchen. Wir kamen zusammen aus Siena hierher, Annuccia und ich. Sie war mollig, rothaarig, hübsch. Wir waren vierzehn, als wir hier in der Stadt auf die Straße geschickt wurden. Können Sie sich das vorstellen …?«

Ich versuchte, mir zwei vierzehnjährige Mädchen vorzustellen, so wie ich sie von daheim in der Provinz kenne. Ich sah die beiden vor mir, mit scheuem Lächeln und dem plötzlichen Lachen von zwei Freundinnen, noch mit den eckigen Bewegungen des Kindes. Und weiter sah ich, wie große, grobe Männergestalten sich diesen Körpern, die am Tag zuvor noch Kinder gewesen waren, näherten, kurze, knappe Kommandos ausstießen, ihnen die einfachen Kleider herunterrissen, liederlich entblößten, was Schicklichkeit und natürliche Ehrbarkeit verstecken würden, sich in schamloser Lust auf sie wälzten, sich gegen die mageren Körper preßten, mit Gewalt in sie *eindrangen*!

Sie ließen die Mädchen liegen, mit geschlossenen Augen, in gewisser Weise noch unschuldig mitten in der Erniedrigung, bevor sie zehn, fünfzehn Baiocchi in die kleinen Mädchenfäuste drückten, die sich hilflos ballten.

Der Gedanke war kaum auszuhalten.

»Nein«, antwortete ich. »So etwas kann ich mir nicht vorstellen.«

»Ich habe es überstanden, wie Sie sehen«, sagte Fillide. »In gewisser Weise. Ich hatte gute Beschützer, ich konnte mich einrichten. Annuccia hatte nicht soviel Glück. Sie hatte ein paar brauchbare Jahre, während sie jung und schön war. Aber sie war zu jähzornig, zu stolz, zu ehrgeizig. Sie hatte Beschützer, nicht in den höchsten Kreisen, aber handfeste Männer in guter Position. Trotzdem legte sie sich mit ihnen an, beschimpfte sie, warf ihnen Kuppelei vor, so daß sie am Pranger standen. Sie rächten sich. Einer von ihnen ließ sie zu öffentlichem Auspeitschen verurteilen.«

Fillide schloß die Augen. Die große Kirche war leer. Ich sah noch einmal zur blauen Decke der Kirche auf. Die Kerze, die sie, wie ich jetzt begriff, für die Kindheitsfreundin von den Sieneser Hügeln angezündet hatte, brannte still vor dem Altar.

Öffentliches Auspeitschen war die übliche Strafe für Hurerei.

»Wie ist sie gestorben?« fragte ich.

»Es war so entsetzlich! Sie erwartete ein Kind. Aber dann wurde sie krank, ihr ganzer Körper schwoll an, die Zähne fielen aus. Schließlich bekam sie Krämpfe und schrie ununterbrochen, bis sie ohnmächtig wurde. Ich holte einen Arzt für sie, einen von den teuren. Der sagte, es wäre *eclampsia*[2], und versuchte einen Aderlaß, aber es nützte nichts. Annuccia starb noch vor dem Abend.«

»Sie haben für sie getan, was Sie konnten«, sagte ich.

»Nein, nein, ich hätte einen Priester holen sollen! Sie bekam nie die Sakramente. Sie starb ohne ... Stellen Sie sich vor, wie es ihr jetzt geht!«

Daß eine so verdorbene Frau sich trotz allem um die Seele ihrer Freundin sorgte, machte durchaus Eindruck auf mich.

»Sie haben das Gemälde gesehen?« sagte Fillide, *»Die reuige Magdalena?«*

»Leider nicht«, mußte ich einräumen.

»Nennen Sie es lieber *Die gepeitschte Annuccia*«, sagte Fillide. »Ja, Ihr Bruder hat sie nach der Bestrafung gemalt! Nachdem sie auf dem Campo de' Fiori ausgepeitscht worden war, vor einer Menschenmenge, die schrie und sie verhöhnte. Und da hat sie wohl auch bereut, nehme ich an, genauso wie die heilige Magdalena. Aber was sollte sie danach machen? Da stand kein Jesus, bereit, sich ihrer anzunehmen – nur Michel, der nichts anderes im Kopf hatte als sein Bild!«

»Er war nicht der Vater ihres Kindes?« fragte ich.

»Das kann ich mir nicht vorstellen. Aber er saß am Ende bei ihr. Darüber hat sie sich gefreut, als sie noch etwas spüren konnte. Es war tatsächlich ihre letzte Freude!«

»Das war ja eine gute Tat von Michel«, sagte ich, überrascht und etwas getröstet.

Fillide Melandroni fing wieder an zu weinen:

»Das fand ich auch«, schluchzte sie. »Ich habe ihm viele Male dafür gedankt. Aber später habe ich begriffen, warum er es tat. Es war nicht aus Nächstenliebe, glauben Sie mir!«

2 Schwangerschaftsvergiftung (Anm. d. Hrsg.)

»Hören Sie zu«, sagte ich. »Was, wenn nicht wahres christliches Mitgefühl kann einen Mann dazu bringen, am Totenbett einer Frau zu sitzen, einer Frau, die noch dazu das Kind eines anderen trägt?«

»Ja, was glauben Sie? Michel wollte ihren toten Körper benutzen, das wollte er!«

»Was sagen Sie da?« rief ich aus, denn ihre Worte erschreckten mich so, daß ich vergaß, daß wir auf heiligem Boden waren.

Fillide hörte auf zu weinen, trocknete ihre Tränen und sah mir direkt in die Augen:

»Er hat sie benutzt! Selbst im Tod war sie kein Mensch für ihn, nur ein Körper, ebenso wie nach dem Auspeitschen. Verstehen Sie nicht? Ein Körper, ein Gegenstand! Ein Modell! Er merkte sich genau, wie der Tod sie prägte – er mußte es wissen, denn er malte am *Marientod*!«

Wenn das keine Ketzerei war ... So bildete ich mir eine klare Meinung von der Sache. Dagegen sprach nur ein einziges Faktum, aber das wiederum reichte, um mich in den äußersten Zweifel zu versetzen.

Es ging um ein weiteres Altarbild, *Madonna dei Palafrenieri (Die heilige Anna selbdritt*[3]); eine Bestellung für die Kapelle der Palafrenieri-Brüder im Vatikan. Ich habe auch dieses Bild nicht gesehen, aber es entsprach selbstverständlich nicht dem Geschmack der Brüder und wurde nach einigen Tagen abgehängt, was, wie man begreift, bei den Altarbildern meines Bruders beinahe die Regel war.

Ich redete mit Bruder Arnaldo, der an der Abnahme des Bildes beteiligt gewesen war. Zunächst hatte er keine Lust, darüber zu sprechen, erst recht nicht, als ich mich als Bruder des Malers vor-

3 Eine Darstellung des Jesuskindes, Marias und ihrer Mutter Anna (Anm. d. Hrsg.)

stellte. Er sagte kurz, es habe mehrere Gründe dafür gegeben, daß das Bild nicht hängen bleiben konnte. Einige meinten, die heilige Anna sehe aus wie eine alte Hexe. Andere Brüder waren sehr verärgert darüber, daß (möge Die Heilige Mutter mich vor einer solchen Sünde bewahren, ich gebe nur wieder, was mir erzählt worden ist) das Jesuskind in allzu auffälliger, hervortretender Nacktheit gemalt sei.

Da erinnerte ich mich, daß Ähnliches auch über andere Bilder von Michel gesagt worden ist.

Doch es gab auch theologische Einwände. Bruder Arnaldo erklärte, das Gemälde stelle dar, wie Die heilige Muttergottes mit Hilfe des Kindes mit ihrem nackten Fuß den Kopf der Schlange zertritt, während Die heilige Anna nur zusieht. Mehrere Brüder glaubten hierin eine gefährliche Anwendung von de Molinas Gedanken über die Freiheit des Menschen sehen zu können. Das theologisch und damit ikonographisch Korrekte war selbstredend, daß auch Die heilige Anna mitwirken mußte, wenn die Sünde überwunden werden sollte, als Repräsentantin der göttlichen Gnade – sonst wäre ja der Mensch imstande, sich selbst zu erlösen! Dies – meinte Arnaldo – sei eine natürliche Folge des Dogmas von Annas Befruchtung durch den Heiligen Geist.

Um die Wahrheit zu sagen, begriff ich diese Auslegung des Bildes nicht ganz, und als bescheidener, ungelehrter Provinzpriester habe ich auch keine klare Auffassung von der Theologie de Molinas, weshalb ich respektvoll antwortete, die unbefleckte Empfängnis Jesu sei sonnenklar und einfach, was aber die Frage betreffe, wie Die Jungfrau seinerzeit empfangen worden sei, würde ich mich jeder plausiblen autoritativen Auslegung beugen, da von dieser Frage kaum behauptet werden könne, sie berührte den innersten Kern des Glaubens.

Bruder Arnaldo schien nicht ganz zufrieden mit meiner Antwort, deshalb beeilte ich mich hinzuzufügen, daß dies im übrigen mit der Auffassung übereinstimme, die ich von Leben und Arbeit meines Bruders hätte – ketzerische Gedanken überall. Daraufhin nickte der Bruder ernst, und wir saßen eine Weile schweigend zusammen.

Bevor ich ging, wollte ich ihn gleichwohl bitten, mir die Maria des Bildes zu beschreiben. Der gute Bruder schilderte eingehend eine hochgewachsene, schwarzhaarige junge Frau mit leicht dreieckiger Gesichtsform und kräftigen, fast geraden Augenbrauen, dazu fülligen Brüsten und schlanken, hochgewölbten Füßen. Ich kam nicht umhin zu denken, daß das Bild doch einen gewissen Eindruck auf den guten Arnaldo gemacht hatte, im Laufe der kurzen Zeit, die es in der Kapelle hing, merkte mir aber auch mit einer gewissen Erleichterung, daß Die Jungfrau weder Fillide noch deren rothaarige Freundin Annuccia sein konnte.

Dann sagte Arnaldo das, was meine ganze Überzeugung ins Wanken bringen sollte:

»Die Bruderschaft hat an dem Geschäft glücklicherweise nichts verloren. Wir haben diesem Caravaggio fünfundsiebzig Scudi bezahlt, konnten das Bild aber für hundert verkaufen!«

»Gar nicht wenig«, erwiderte ich und dachte daran, wie es sein mußte, hundert Scudi zu *besitzen*. Ich dachte an die Ärmsten daheim im Dorf, die nie größere Summen als vier, fünf Baiocchi besessen, ja, die ihr Leben lang kaum einen einzigen Scudo *gesehen* hatten.

»Wir fürchteten das Schlimmste«, fuhr Arnaldo fort. »Denn das war ja kurz nach dem brutalen Vorfall auf dem Campo Marzio. Der Maler war auf der Flucht, und wir dachten, vielleicht würde es niemand wagen, ein so dubioses Bild zu kaufen, gemalt von – ja, entschuldigen Sie, Vater Merisi – einem flüchtigen Mörder!«

»Kein Grund, sich zu entschuldigen«, antwortete ich. »Leider. Aber wer hat das Bild gekauft? Ein ausländischer Botschafter, ein Lutheraner vielleicht?«

»Lutheraner haben kein Geld«, schnaubte Arnaldo. »Nein, das Gemälde ist nicht *sehr* weit weg von der Peterskirche gelandet. Es gehört jetzt zu den Schätzen der Borgheses.«

Wir saßen auf einer Bank im Schatten und unterhielten uns, Bruder Arnaldo und ich. Aber beim Klang dieses Namens konnte ich nicht sitzen bleiben. Ich stand auf und rief:

»Welcher Borghese? Seine Heiligkeit bürgt doch nicht für ein ketzerisches Werk!«

»Das kann man so nicht sagen«, entgegnete Arnaldo. »Aber sein Lieblingsneffe, falls das die Sache besser macht.«

»Der Kardinal?«

»Kardinal Scipione Caffarelli Borghese kam selbst und wollte das Bild unbedingt haben. Um die Wahrheit zu sagen, hätten wir es ihm wohl auch für fünfundsiebzig gegeben, wenn er uns gedrängt hätte.«

Danach verließ ich Rom sofort und reiste nach Hause. Wenn meine unerschütterliche Überzeugung vom ketzerischen Charakter der Arbeit und der Handlungen meines Bruders mit der Auffassung der Allerobersten der Heiligen Kirche, der Männer, die ich lieben, achten, denen ich gehorchen sollte wie Gott selbst, nicht übereinstimmt, kann ich nichts machen, außer mich bescheiden zurückhalten, wie es sich ziemt; so wenig wie möglich sagen, am besten schweigen.

Deshalb endet hier meine Darstellung, die, wie ich noch einmal betonen möchte, ohne die geringste Initiative von meiner eigenen Seite verfaßt worden ist.

## *Bericht der Fillide Melandroni*

An alle, die es betreffen mag:

Ich, Fillide Melandroni, habe weder mit dem Maler Michel Angelo aus Caravaggio, der längst hier aus der Stadt geflohen sein soll, noch mit Ranuccio Tomassoni aus Terni, dem der Maler, bevor er verschwand, das Leben genommen haben soll, irgend etwas zu tun. Mir ist nicht bekannt, welche Art von Meinungsverschiedenheiten oder gar Feindschaft zwischen diesen beiden Herren, die ich vor vielen Jahren flüchtig kannte, bestanden haben mag.

Im übrigen muß ich sagen, daß ich es äußerst merkwürdig finde, daß ich, die ich aus Rom verwiesen war und mit Gefängnis und Exkommunikation, ganz zu schweigen von öffentlichem Auspeitschen, bedroht wurde, gebeten worden bin, mich in einer Sache wie dieser zu äußern. Weder die päpstlichen noch die städtischen Behörden haben mir früher das geringste Vertrauen erwiesen. Ich wünsche jetzt nur noch in Frieden zu leben, die Sünden, die ich begangen habe, zu bedenken und zu bereuen.

Übrigens sind Michel Angelo und Ranuccio beide unberechenbare, cholerische Männer, die keinen besonderen Grund brauchen, um aufeinander loszugehen. Beide sind rücksichtslos und maßlos im Trinken, beide haben Freunde, die sie eher aufhetzen als beruhigen. Aber im Hinblick auf all das ist sicher das Polizeiarchiv beredter, als es für mich je im Bereich des Möglichen läge, deshalb habe ich keinen Grund, ins Detail zu gehen.

Beide sind auch Männer, die Frauen ausnutzen, jeder auf seine Art. Tomassoni bot jedenfalls früher seinen »Schutz« einzelnen der Erbarmenswerten unter uns an, die ihren Lebensunterhalt mit den Mitteln verdienen müssen, welche die Natur einer Frau zur Verfügung gestellt hat. Das war vielleicht ein Schutz! »Zuhälter« ist ein reinlicheres Wort für einen Mann, der zwar dafür sorgt, daß eine Frau nicht ganz totgeschlagen wird, sich aber dafür großzügig aus ihrer Geldbörse und an ihrem Körper bedient.

Der Maler Merisi ist noch schlimmer. Sein ganzes Wesen ist so, daß Frauen es ihm gern recht machen wollen. Er kommt nicht mit Getöse und schlägt dir auf die Schenkel wie andere Männer, sondern er setzt sich neben dich und sieht dir ins Gesicht. Er kommt dir nicht mit groben Zurufen, versucht auch nicht, dich mit Gewalt zu küssen, er sagt etwas über deine Augen oder über dein Haar. Andere, törichte Männer finden ihr größtes Vergnügen darin, einer Frau an die Brüste zu fassen, der Maler streicht dir leicht über den Nacken oder streift mit einem Finger vorsichtig über deine Wange, mit einer beinah schüchternen Hand, während er aufsteht, um sich zu verabschieden. Sicher kann er fluchen, schreien und schlagen – und der Anlaß muß nicht größer sein, als daß er ein Spiel *pallacorda* verloren hat –, aber er schlägt sich mit anderen *Männern*, nie mit Frauen. Nun – jedenfalls *fast* nie.

Er sieht nicht besser oder stattlicher aus als viele andere Männer, aber seine Gestalt ist stämmig und biegsam zugleich. Er redet zu dir, als wärest du das einzige Wesen auf der Welt, das ihn in diesem Augenblick beschäftigt. Und es liegt eine Melancholie in seinen Gesichtszügen, als trage er tapfer an einer geheimen Sorge. Frauen merken sich so etwas.

Kurz gesagt, der Maler ist ein Mann, der Frauen anzieht. Und dann kommt eine Zeit, wo er sagt: Jetzt muß ich dich malen.

Niemand, der nicht Modell gestanden hat, kann das begreifen, und ich habe absolut nicht die Absicht, näher darauf einzugehen, um so mehr, als es in diesem Zusammenhang nicht von Interesse ist. Aber sich in der eigenen Gestalt hervortreten zu sehen, zu wissen, du bist in diesem Augenblick für ewig gefangen und wirst für ewig in den Augen der Menschen sein, sei es nun in der Wohnung eines Kardinals oder über dem Altar in der Kirche, das ist ein Gefühl, das keinem anderen gleichkommt.

Aber das ist natürlich Selbstbetrug. *Nichts* ist ewig, abgesehen vielleicht von Verdammnis und Gnade. Es kommt auch unweigerlich eine andere Zeit, eine Zeit, die du nicht im warmen Zimmer des Malers mit den Düften von Farben und Öl zubringst, mit dem Licht, das er durch eine Luke hoch oben an der Wand fallen läßt, mit den langen Stunden, in denen sein Blick auf dir ruht, dich sieht, wie dich noch nie jemand gesehen hat, den Stunden, in denen du zu etwas anderem umgeschaffen wirst, zu einem Bild, zu etwas jenseits von Sünde und Schlechtigkeit und Tod.

Ein anderer Mensch nimmt deinen Platz ein. So ist die Welt eingerichtet, sie ist unbeständig, wechselhaft, vergänglich. Das einzige, dessen wir sicher sein können, ist, das nichts andauert. Das wissen wir zwar, aber wir wollen es nicht einsehen – ich glaube, vielleicht würden wir nicht weiterleben können, wenn wir dieses Wissen wirklich an uns heranließen. Ein anderer Mensch nimmt deinen Platz ein, und du bist draußen im Dunkeln, wo es keine Wärme, Düfte oder Farben gibt. Ja, du bist draußen im Dunkeln, und das Leiden bewirkt, daß du alles schärfer erlebst als sonst: Du fühlst, riechst und siehst, wie es da drinnen im Zimmer ist, du weißt genau, was dort vor sich geht – und du weißt, nicht du bist dort, sondern jemand anders.

Verlassen, allein, leer, ausgelöscht. Soviel ich weiß, ist dies nur der irdische Vorgeschmack auf die ewige Verdammnis, bei der die Strafe nicht so sehr glühende Zangen und brennende Feuer-

seen sind, sondern der Schmerz darüber, einer der Verlorenen zu sein, einer von denen, die Der Herr von sich gestoßen hat.
Aber das hat mit der Sache nichts zu tun. Mir ist es gleichgültig, ob der Maler Merisi begnadigt wird oder nicht. Das einzige, worum ich bitten möchte, ist, daß ich von weiteren solchen Anfragen verschont bleibe. Dies ist übrigens schon die zweite – vor einiger Zeit kam ein zerlumpter Priester vom Lande, der behauptete, der Bruder des Malers zu sein, um mir eine Menge Fragen zu stellen, unter anderem über eine jetzt verstorbene Freundin. Ich empfing ihn anständig und versuchte wirklich zu erklären, wie wir von Siena aus hier in die Stadt gekommen waren. Aber als ich mit Kummer und Betrübnis erwähnte, wie wir in früher Jugend auf die Bahn der Sünde geschickt worden waren, sah ich ein brünstiges und begehrliches Lächeln um den Priestermund spielen. Diesem alternden Pater gefiel offenbar die Vorstellung, bei blutjungen Mädchen seinen schmutzigen Willen zu bekommen. So verdorben war nicht einmal sein Bruder. Das einzige, worum ich jetzt bitte, ist, in Frieden gelassen zu werden. In der Zeit, die mir noch bleibt.

## *Lenas Bericht*

»Ich heiße Lena, stehe auf der Piazza Navona und bin Michel Angelos Frau.«

Das habe ich vor Gericht gesagt, als wäre der Richter ein Beichtvater und verlangte, daß ich mir die Geheimnisse aus dem Herzen zerre, als könnte er sich mit der Oberfläche nicht begnügen, nicht mit dem zerschlagenen Gesicht, den Malen um die Augen, die sicher nie mehr weggehen.

Ich bin Lena, wohne in der Via dei Greci und bin Gaspare Albertinis frühere Frau.

Ich bin Lena und wohne im Haus meiner Schwester Amabilia, Cesare Barattieris Frau, Kardinal Allesandros Frau, Monsignore Melchiorre Crescenzis Frau, Guilio Massinis Frau, Ranuccio Tomassonis Frau ...

Ich bin Maddalena Antognetti, achtundzwanzig Jahre alt, und werde bald sterben. Vater Andrea war hier. Er wollte mir das Öl und die Vergebung erst geben, als Mutter und Amabilia ihm dreifache Bezahlung anboten. Das finde ich richtig, ebenso richtig wie daß jetzt das Leben durch eben die Öffnung aus mir herausfließt, durch die die Sünde ihren Eingang fand. Die Missetaten tragen ihre Strafen in sich. Wäre nur nicht so viel Blut gekommen. Die Arbeit, es aufzuwischen, macht meine Schwester müde und ärgerlich, ich höre es an ihrer Stimme, obwohl sie versucht, es zu verbergen.

Meine größte Sünde ist dennoch nicht, daß ich meinen Schoß zu vielen Männern geöffnet, daß ich ein Kind geboren habe, ohne zu wissen, wer der Vater war, nicht einmal, daß ich den Idioten Gaspare verlassen habe, der mich auf seine lächerliche Weise ehrlich gern hatte, wenn ich mich nur seinen geistesgestörten Einfällen unterwarf. Meine größte Sünde – und die ist es, von der hier in meinen letzten Stunden berichtet werden muß – ist, daß ich Michel Angelo ins Unglück gebracht habe.

Ja, ich weiß. Seine eigene unvernünftige Natur, der Überfluß an gelber Galle, die in seinen Adern floß – er hat selbst zu dem, was passiert ist, beigetragen. Aber ohne mich wäre es nicht so schnell schiefgegangen, und vielleicht würde der Maler noch hier in der Stadt wohnen, anstatt in fremden Ländern herumzustreifen, verfolgt und elend.

Gott in Seiner Gnade wird mir die vielen Männer nachsehen; er weiß ja, ich habe nie einen anderen Beruf als den der Kurtisane, Hetäre oder Hure gekannt. Meine Mutter hatte ein Haus am Corso, dank einigen Geldes von meinem Vater. Mein Vater war ein Kardinal, dessen Namen ich, das habe ich geschworen, nie verraten werde, ein trunksüchtiger Diener Gottes, der allzuviel von seinem kleinen Vermögen für meine Mutter ausgab. Ich glaube, es kann nicht Der Herr selbst gewesen sein, der so etwas Törichtes wie das Zölibat erfunden hat. Er muß doch wissen, daß es die frauenlosen Männer der Kirche närrisch macht, daß sie sich weniger um Ihn kümmern, sondern ihre Kraft, ihr Denken und nicht zuletzt ihr Geld darauf verwenden, ein paar willige Schenkel zu finden, um sich zwischen ihnen zu entleeren; besonders die, die nicht das Glück haben, sich mit den Ärschen der Chorknaben begnügen zu können.

Dort im Haus am Corso wuchs ich auf. Als ich klein war, sah ich, wie meine Mutter und Amabilia Männer empfingen – ja, ich wurde in ihre schändlichen Spiele hineingezogen, seit ich fünf, sechs Jahre alt war, aber ohne zu wissen, daß sie schändlich waren. Meine Mutter, die ich achtete und ehrte, meine geliebte große Schwester – wenn meine beiden Liebsten und Nächsten mich mit hineinnahmen zu diesen munteren Herren, mich lachend auf diesen und jenen unbekannten Schoß setzten und mich für meine frühreifen Einfälle lobten, konnte ich da etwas anderes glauben, als daß das in Ordnung war? Wenn ich mich rittlings auf die fetten Schenkel der Männer setzte, mich an die wabbeligen Bäuche drückte und spielerisch auf und ab schaukelte, zog das keine Rüge oder Tracht Prügel nach sich, sondern muntere Rufe und vielleicht eine Münze.

Sicher bin ich schuldig, aber Der Herr in Seiner Gnade wird mir dies nachsehen. Aber daß meine eitlen und zügellosen Handlungen einen Maler verleitet haben, auf dem Campo Marzio das Schwert zu ziehen, dafür gibt es vielleicht keine Vergebung.

Ich muß mich kurz fassen. Ich habe fast keine Kraft mehr, ich sehe unklar. Aber die Schmerzen sind die gleichen. Ich bitte meine Schwester, etwas Wein zu holen, der lindert und stärkt. Die Geschichte muß erzählt werden, so wie sie ist:

Michel brauchte mich aus zwei Gründen. Weil ich schön war – ich sage es, wie es ist, hier, wo ich jetzt liege, bleich, welk, eingeschrumpft und fleckig – und weil ich einen Sohn hatte.

Ich hätte ablehnen können – ich hätte ablehnen müssen. Er wollte mich als Modell für Die Muttergottes, und mein armer Paolo sollte Das Kind darstellen! Die heilige Maria und die verlorene Lena; wir hatten wohl nichts weiter gemeinsam, als daß keine von uns wirklich wußte, wer der Vater ihres Sohnes sein mochte.

Aber ich lehnte nicht ab. Ich schätzte die Freude über die wenigen Baiocchi, die ich auf diese mühelose Weise verdienen konnte, höher als die Sünde, die ich auf mich nahm, indem ich ihrem Bild meine äußere Gestalt lieh. Ich verkaufte meinen Körper, hier wie sonst auch.

Gaspare log ich an, natürlich. Auch das war eine Sünde, selbst einen begriffsstutzigen Narren wie ihn soll man nicht anlügen. Er hatte mich trotz allem als seine Frau in sein Haus aufgenommen, mich, die Hure vom Corso! Dort war ich beinah wie eine ehrbare Matrone, bekam ein wenig Geld für Essen und Kleider, ging auf den Markt und nickte den anderen zu, obwohl ich genau spürte, daß sie auf mich herabsahen. Aber ich hatte einen Mann, sogar einen Notar, der den Lebensunterhalt im Gerichtssaal verdiente, keinen dreckigen Gerber oder stinkenden Fischhändler. Daß er mich nicht zum Altar führen wollte, hätte ich ihm nicht vorwerfen sollen – *so* dumm war er denn doch nicht.

Ein Mann, mein Mann; ein Mann, der nur verlangte, daß ich seine Kleider richtete, das Essen machte und so tat, als ob ich mich über seine seltsamen Spiele amüsierte. Herrgott, ich hätte ihn doch wohl als Kind anziehen, so tun können, als wäre ich seine Mutter, und ihn am ganzen Körper waschen, wenn es ihn so freute!

Statt dessen ging ich zu dem Maler, und ich sagte mir selbst, es sei des Geldes wegen. Aber auch das ist eine Lüge. Für ein paar wenige Baiocchi nahm Michel meine Gestalt, und Paolos, wenn ich ihn mitgenommen hatte, und hielt uns auf der Treppe zur Santa Casa, dem heiligen Haus in Loreto, auf der Leinwand fest. Nun, es war ein Handel, ich gab, er nahm – aber ich hätte es mit Freuden gratis gemacht. Denn als ich erkannte, wie die Arbeit, meine schönen Züge in Öl einzufangen, ihn erregte, überließ ich ihm meinen Körper auch auf die andere Weise, die, die ich nur allzugut kannte.

Und das ganz ohne Bezahlung. Jemand hat gesagt, der Maler Merisi aus Caravaggio sei nicht einer von denen, die Gefallen an Frauen finden. Falls jemand in diesem Punkt zu seinem Vorteil aussagen kann, dann bin ich es. Und ich sage wahrheitsgemäß, daß seine Kraft so groß war wie bei irgendeinem anderen Mann, den ich gekannt habe. Er konnte mich malen, ohne aufzuhören, zwei Stunden oder mehr stand ich dort vor ihm als Maria, die Unbefleckte. Dann kam er zu mir. Er zog mir die schöne braunrote Seidenbluse aus und fing an, mich leidenschaftlich zu küssen, wobei er die ganze Zeit meinen Namen sagte.

Jetzt lüge ich, ich, die ich nur noch einige Stunden oder Tage bis zur Begegnung mit dem Richter habe, der mir einen Platz in der Ewigkeit zuteilen soll. Wenn du ein ganzes Leben in der Lüge gelebt hast, die bezahlte Liebe heißt, ist es schwierig, die Wahrheit zu sagen. Aber ich muß es versuchen: Er sagte nicht *meinen* Namen, während er mich küßte, auszog, liebkoste – denn er umarmte nicht das Modell, Lena, sondern Maria, das Motiv.

Auf dem ersten fertigen Bild, dem, das jetzt in Sant' Agostino hängt, knien die zwei müden Pilger fromm vor Maria und dem Kind. Besonders auf das Gesicht der alten Frau fällt das Licht so weich, daß du sehen kannst, wie der Segen der Gottesmutter auf sie herabströmt.

Viele nahmen Anstoß an dem Bild. Die beiden Wanderer sind zu arm, zu wenig würdig, der Mann hat dreckige Füße, die direkt dem Betrachter zugewandt sind. Von der Gestalt der Maria hat niemand etwas gesagt, nur daß sie so schön sei, daß sie die göttliche Gnade widerspiegeln müsse. Ha! Das ist meine Gestalt, die da steht, wenige Augenblicke, bevor der Maler den Pinsel weglegt und zu mir kommt.

Ja, ich habe ihm die Kraft gegeben, diese Maria mit Schönheit zu erfüllen, meine Wollust setzte seinen Pinsel in Flammen, er wurde getrieben von unersättlichem Begehren nach meinem Körper. Er malte wie im Fieber, solange er es aushalten konnte. Dann kniete er vor mir, spreizte meine Beine und nannte mich *Maria*. »Mach Platz für den Heiligen Geist!« rief er und leckte ein Kreuzzeichen auf meinen nackten Körper, vom Hals bis zum Schoß, von der linken zur rechten Brust.

Das Bild wurde fertig. Die frommen Augustiner sahen nicht die dreckigen Füße, sondern bezahlten Michel und hängten das Bild in ihrer Kirche auf. Ich selbst traute mich nicht, es dort anzusehen, aus Angst davor, plötzlich würde jemand ausrufen, die dunkle, schlanke Maria mit dem schüchternen Blick und den schönen, fast geraden Augenbrauen gleiche doch zu sehr der Hure, die darunter kniete und betete; noch größer war die Angst, plötzlich werde die Wollust auf ihrem Gesicht erscheinen, wie von meiner eigenen Unwürdigkeit angesteckt.

Aber erst da fing der Krach an. Gaspare hörte natürlich von dem Bild und ging los, um es zu sehen. An diesem Abend verprügelte er mich zum ersten Mal, und noch einmal, als ich ablehnte, mit ihm zu spielen – ich bekam fast einen gewissen Respekt vor dem bleichen Notar. Er schlug, bis ich zugeben mußte, daß ich Modell gestanden hatte, und versprach, mich von dem Maler aus Caravaggio für alle Zeit fernzuhalten.

Wie hätte ich das tun können? Wie hätte ich mich fernhalten können von diesem Mann mit dem Feuer im Blick und in den Gliedern, von ihm, der mich gesehen, die Hure Lena mit seinem Blick und seinem Pinsel eingefangen und für einen Augenblick zur Himmelskönigin gemacht hatte? Michel Angelo hatte vielleicht andere Frauen, und nicht nur Frauen. Da war dieser junge Knabe, sein Diener, von dem die Leute behaupteten, er müsse seinem Meister auch mit seinem kindlich schmalen Körper dienen, aber konnte ich dazu etwas sagen? Wenn er rief, kam ich.

Ich zog Männerkleidung an und schlich mich nach dem Ave-Maria hinaus, zu den Stellen, an denen der Maler wartete. Er malte mich wieder, als Die Jungfrau in einem Bild von der heiligen Anna selbdritt, auf die gleiche Weise wie vorher.

Nein, schlimmer als vorher. Ich werde sterben, ich muß die Wahrheit sagen: Einmal brachte er die alte »Anna«, mit den Falten und den Hängebrüsten, dazu, sich auszuziehen und mitzumachen. Er hatte uns beide. Und ich bin darauf eingegangen.

Eines Abends auf dem Corso erkannte mich ein *sbirro* und arretierte mich. Ich sagte, ich sei Gaspares Frau, ehrbar auf dem Heimweg, und ich hätte dem Notar versprochen, mich von allen anderen Männern fernzuhalten, speziell von Michel.

Gaspare schlug mich und nahm mich in Gnaden wieder auf. Aber ich schaffte es nicht, mich von Michel fernzuhalten – und um die Wahrheit zu sagen, er machte es mir auch nicht leicht. Er paßte mich auf der Straße ab, verabredete Stelldicheins. Gaspares Freunde erzählten ihm alles. Sie sagten, ich setzte ihm so große, sichtbare Hörner auf, daß er mich hinauswerfen müsse. Aber dazu war er zu dumm. Er ließ sich von Mutter und Amabilia versprechen, daß *sie* mich von dem Maler fernhalten würden. Ja, sie hörten auf ihn und nicht auf mich! Sie fanden, ich sei verrückt, weil ich gratis mit einem Maler hurte, wenn ich doch an Essen und Kleider kommen konnte, indem ich einfach die schlichten Wünsche des Notars erfüllte. Vielleicht bezahlte er ihnen ein wenig dafür, daß sie auf mich aufpaßten, er glaubte daran. Als könnten *die* mich bewachen!

Schließlich schickte er mich heim zu ihnen in das Haus am Corso, sie sollten mich gefangenhalten. Das war wieder eine Idee! Michel kam natürlich, beschimpfte Mutter, ging dann auf die Nachbarin, die Obstverkäuferin Laura, los, die kam, um Mutter zu helfen, ihn hinauszuwerfen. Am nächsten Abend, als er wiederkam, machte Mutter erst gar nicht auf – da verschaffte er sich Eintritt in Lauras Haus, volltrunken und rasend.

Ich werde sterben. Und Der Herr möge mir vergeben, aber ich war nie so stolz auf mich wie damals, als ich eingesperrt in einem Raum ohne Fenster saß, aber trotzdem den Spektakel draußen hörte. Es war Michel Angelo, ein Maler, von dem die ganze Stadt sprach, von dem große Männer Bilder kauften – und er schrie und schlug, trat und fluchte da unten, weil er nicht zu *mir* kommen, nicht mit seinen Augen und Armen meinen schlanken Körper umfangen durfte.

Dann ging alles schief. Gaspare kam und verprügelte mich, er brach mir die Nase. Laura wandte sich selbstverständlich an die Behörden, und die Polizei suchte nach Michel. Einige seiner Freunde griffen ein, Gott weiß, wen sie bestechen mußten, es waren keine reichen Leute, ein paar Maler, ein Schneider und der Buchhändler an der Piazza Navona. Sie versprachen, Michel vom Corso und von der Obsthändlerin fernzuhalten. Mutter und Amabilia mußten in die Via dei Greci ziehen, während ich beim Buchhändler wohnen sollte, und so wußte Michel, wo er mich treffen konnte.

Der Buchhändler war ein würdiger älterer Mann mit grauem Bart. Dennoch war er nicht anders als andere Männer. Er ließ sich von meiner gebrochenen Nase nicht aufhalten. Er verlangte seine Miete von mir an den Tagen, an denen Michel nicht kommen konnte, nachdem er mir zuerst ein Getränk eingeschenkt hatte, das weder Wein noch Grappa war, aber stark und süßlich zugleich schmeckte und das er einzuschließen pflegte, um nur zusammen mit ein paar von seinen Freunden ein Glas zu trinken. Das Getränk machte mich schwindlig und wie betäubt, so daß es mir beinah gelang, nicht an Michel zu denken, wenn der Buchhändler seinen alten, behaarten Körper auf meinen wälzte. Ich traute mich nicht, dem Maler etwas davon zu sagen. Vielleicht wußte er es – die beiden waren ja Freunde –, vielleicht wußte er es nicht. Und was er tun würde, konnte niemand voraussehen.

Das Getränk betäubte übrigens auch den Schmerz in der Nase für eine Weile. Schließlich war es so, daß ich den Buchhändler um einen Schluck davon *bat*, selbst wenn ich ihn dafür in Kauf nehmen mußte.

Ich versuchte, Gaspare anzuzeigen, weil er mich entstellt und eine verheiratete Frau an meiner Statt zur Geliebten genommen hatte, der Hurenbock. Aber das Gericht hörte selbstverständlich auf ihn, den Notar.

Eines Abends im Oktober kam Michel mit einer großen Wunde am Kopf hereingeschwankt. Ich wusch ihm das Blut ab und sah, wie in der Wunde der Schädel weiß leuchtete. Michel verlor in meinen Armen das Bewußtsein, aber der Buchhändler verband ihn und flößte ihm ein wenig von diesem Getränk ein, das Michel belebte. Gaspares Freunde hatten ihm einen Hinterhalt gelegt, vielleicht zusammen mit den Tomassoni-Brüdern, die ich auch einmal gekannt habe. Aber als die Polizei kam, wollte Michel nicht sagen, wer ihn überfallen hatte, obwohl die Wunde ihn leicht das Leben hätte kosten können. Ich glaube, es war ihm peinlich, weil er überrascht worden war und sich nicht besser gewehrt hatte.

So verging der Winter. Meine Nase wurde nicht besser, Michel kam seltener.

Dann kam der Tag, an dem Ranuccio Tomassoni ihn zum Duell auf dem Campo Marzio forderte. Und das war meine Schuld. Sicher steckte irgendwie Gaspare dahinter. Und Michel benutzte mich, um den Raufbold Ranuccio, der vor langer Zeit mein

Freund und Beschützer gewesen war, zu ärgern. Ich erfuhr später, was er gerufen hatte:

»Ich habe nie ein Ballspiel gegen einen Zuhälter und Schwanzlutscher verloren. Erinnerst du dich an die schöne Lena? Wärst du Manns genug gewesen, hättest du sie für dich behalten, statt sie dir abnehmen zu lassen von diesem Dummkopf von einem Notar, vor dem ich sie retten mußte!«

Und als Ranuccio ihn aufforderte, dies zurückzunehmen oder zu kämpfen, antwortete Michel – und die Worte sind so typisch für ihn, daß ich seine Stimme *höre*:

»Ein Mann von Ehre hat nichts zu gewinnen an einem Kampf gegen einen wie dich! Sei lieber vorsichtig, Ranuccio! Die Bälle hast du ja schon verloren, warum willst du auch noch den Kopf loswerden?«

So etwas konnte nur im Duell enden, zwei Männer gegeneinander auf Leben und Tod. Und Michel gewann natürlich, obwohl Ranuccio ein Raufbold und ein Krieger war.

Sehr bald stehe ich vor einem größeren und hoffentlich gerechteren Richter als dem, dem ich im Corte Savela begegnet bin, als ich versuchte, Gaspare anzuzeigen. Aber ich werde dieselbe sein wie damals, als ich gefragt wurde, wer ich sei:

»Ich heiße Lena, stehe auf der Piazza Navona und bin Michel Angelos Frau.«

## *Bericht des Malers Prospero Orsi*

Man muß verstehen, ich bin Römer.

Wenn ich an der Piazza San Salvatore in Campo aus der Tür des alten Hauses meiner Familie trete, begegne ich ständig Leuten aus der Lombardei, aus der Toscana, aus Mantua oder Neapel. Sie sind aus vielen Gründen nach Rom gekommen, vor allem aber, weil es keine andere vergleichbare Stadt auf der Welt gibt.

Es sollen weit mehr Menschen in Neapel wohnen, heißt es. Der Reichtum soll in Genua und in Venedig größer sein; Florenz und Siena gleichen zwei kunstvollen Schmuckstücken, die die schönste Landschaft der Welt zieren.

Das ist möglich. Trotzdem aber kommen die Leute hierher. Wenn ich aus dem Haus gehe, kann ich durch die Gäßchen zum Ponte Sisto einbiegen, auf die Brücke hinausgehen, die Arme aufs Geländer stützen und den Tiber hinaufsehen. Es gibt einen Augenblick, früh am Morgen, wenn das Wetter klar ist, in dem das graue Wasser plötzlich das ganze Licht des Himmels einfängt und ein leuchtendes blaues Band wird. Die Fischer in ihren kleinen Booten werden gewiegt von diesem Licht. Ich hebe den Blick und sehe die Spitze des Castel Sant' Angelo in der Ferne, die Heilige Engelsburg, die unsere Stadt auf ewig verteidigt.

*Urbi et orbi.*[1] Das Licht, das von dieser Stadt ausstrahlt, leuchtet über den ganzen Erdkreis. Hier war zur Zeit der Cäsaren der Mittelpunkt der Welt, was wir nach wie vor an den herrlichen Bauten sehen, die sie errichtet haben, und an Marc Aurel, der hoch zu Roß

1 Der Stadt und dem Erdkreis (Anm. d. Hrsg.)

auf dem Capitol thront. Hier hebt der Heilige Vater sein Zepter, und die Welt bebt.

Hierher muß jeder kommen, der sich auszeichnen will, im Guten wie im Bösen. Der Gigant Michelangelo Buonarroti mußte die großmäulige Provinzstadt Florenz verlassen und nach Rom kommen. Der Architekt Bramante war in Mailand ein großer Mann, reiste aber dennoch hierher. Sogar was die Päpste selbst angeht, kommen sie meistens von anderen Orten.

Aber hierher müssen sie, um den Thron zu erlangen.

Hier gibt es die heiligsten Männer. Hierher kam der gute Filippo Neri, auch er aus Florenz, ein Mann, der schon mitten im Leben ein Heiliger war; er, den wir den Apostel Roms nannten. Er konnte hinaus in die Katakomben gehen, um die ganze Nacht zu beten; danach in seine Kirche kommen, um den ganzen Tag die Armen zu trösten. Er konnte den geizigsten Kardinälen Geld entwinden, die Allerkränksten heilen, munter mit seinen Glaubensbrüdern scherzen und danach in stundenlange Ekstasen entrückt werden, die an seinem armen Körper rissen und zerrten.

Roms Geheimnis aber ist dieses funkelnde Licht und der unheilverkündende Schatten. Die Alten sagten, der Weg sei kurz vom Capitol der Macht zum demütigenden Tod am Tarpejischen Felsen – und wer nach Rom kommt, wird entdecken: So ist die Stadt selbst. Hier ist der kürzestmögliche Weg vom Oratorium des Filippo Neri bis zu den Häusern, vor denen ohne Scham die prominentesten Huren sitzen und gnädig das Nicken und Grüßen der Bürger der Stadt beantworten; ja, auch um in diesem gottlosen Beruf die Spitze zu erreichen, muß man nach Rom!

Ohne Rom hätte der Maler Michel Angelo Merisi keine solche Vollkommenheit in seiner Arbeit erreicht, aber er hätte auch keine solchen Schandtaten begangen.

Ich bin selbst Römer. Ich sehe dies klarer als andere. Und man muß wissen, daß niemand, der heute in Rom wohnt, den Maler so gut kennt wie ich.

Als ich ihn zum ersten Mal sah, war er ein Junge von Anfang zwanzig, zerlumpt und so arm, daß er sich Farbe, Öl oder Pinsel nicht leisten konnte. Er hatte in der Werkstatt eines elenden Schmierers namens Pandolfo gearbeitet, der eine Naturbegabung nicht erkannte, selbst wenn man ihn mit der Nase draufstieß. Pandolfo sollte den Jungen unterrichten – und ließ ihn seine eigenen abscheulichen Hervorbringungen kopieren! Beinah noch schlimmer war, daß dieser Pfuscher ein solcher Geizhals war, daß er seinem Diener nur Salat servierte – als Vorspeise, Hauptgericht und Dessert, sagte Michel später immer, und er hatte großen Spaß daran, Pandolfo zu ärgern, wenn die beiden sich auf der Straße begegneten. Dann lief er seinem früheren Meister nach und rief: Monsignor Salat! Monsignor Salat! Haben Sie schon Abendbrot gegessen?

Michel ging weg von dem Idioten, versuchte, ohne Lehrmeister zurechtzukommen. Er malte einfache kleine Bilder, die in Buchhandlungen verkauft wurden, aber dann bekam er Malaria und landete im Spedal della Consolazione. Ich sah einige seiner Bilder und sah sofort, daß es hier etwas Neues gab.

Worin bestand dieses Neue? Man hat gesagt, er male »nach der Natur«. Das stimmt wohl, ist aber nicht das eigentliche Geheimnis. Merisi malte nicht nur nach der Natur, seine Augen waren schärfer als die anderer. Oder kindlicher, wenn man so will. Er *sah* das Motiv, wie es war, mit frischen Augen, als wäre es das *erste Mal*, daß jemand ein solches Motiv sah. Er sah das Motiv selbst, nicht wie es sein sollte – oder, wie es so viele tun, durch eine Glasschicht der Gewohnheit.

Er sah neu, wo andere Maler nur sehen, wie die Dinge früher gemalt worden sind.

Das ist eine größere Kunst, als jemand, der es nicht selbst versucht hat, wissen kann.

Als er aus dem Krankenhaus kam, hatte er nichts. Kurz gesagt, ich nahm mich seiner an. Ich besorgte ihm eine kleine Malausstattung und ließ ihn in meine Werkstatt, suchte für ihn einen reichen Mann, der ihn in sein Haus aufnahm – und nicht zuletzt zeigte ich seine Bilder jedem, der sie sehen wollte, und einer ganzen Menge, die nie einen solchen Wunsch geäußert hatten.

Vom ersten Augenblick an irritierte er viele unserer Kollegen. Teils weil er hochmütig war, zugegeben. Aber auch, weil er sie neidisch machte. Und neidische Maler reden viel. Einige behaupteten, er male einen dunklen oder drapierten Hintergrund, weil er nicht wirklich Perspektive malen könne. Aber sieht man denn nicht, daß die besten seiner Arbeiten *Szenen* sind; daß er ein Arrangement malt, nicht um eine Wirklichkeit wiederzugeben, sondern um sie zu verstärken?

Nun gut. Michel war ein noch unfertiger Maler, als ich ihn kennenlernte, aber er machte rasche Fortschritte. Und er war nicht damit zufrieden, es zu machen wie die anderen – er hatte neue Ideen. Er benutzte Spiegel und malte Selbstporträts. Er arbeitete fast wie ein Wissenschaftler, wenn er eifrig halb mit Wasser gefüllte Vasen studierte, er wollte Reflexe, Brechung und die merkwürdigen Lichteffekte begreifen, die daraus entstehen, um seine Bilder so natürlich wie möglich zu malen. In seinen Stilleben bewies er diese unheimliche Fähigkeit, Oberflächen wiederzugeben, als malte er mit dem Gefühl statt mit Hilfe der Sehkraft, so wie wir anderen es tun müssen!

Eines Tages schenkte ich ihm eine große Leinwand mit einer

angefangenen Madonna, mit der ich unzufrieden war. Noch immer war ein ordentliches Stück Leinwand so etwas wie ein Schatz für ihn. Er übermalte meinen Entwurf und schuf selbst ein bemerkenswertes Bild von einer schönen Zigeunerin, die damit beschäftigt war, einem jungen Adligen aus der Hand zu lesen. Die Modelle hatte er natürlich in der nächsten Kneipe gefunden. Das Bild wurde sehr gut, und ich ließ es in meiner Werkstatt hängen. Es wurde von einem gewissen Alessandro gekauft, der allerdings nicht mehr als acht Scudi dafür bezahlen wollte. Ich protestierte, Michel selbst aber war zufrieden, Hauptsache, er hatte etwas Kleingeld in der Tasche.

Das Handleserin-Bild sollte dennoch sein Leben verändern. In dieser Zeit kamen ehrwürdige Männer nie in die Werkstätten der Maler; sie schickten lieber ihre Diener, um etwas anzusehen, oder sie benutzten Mittelsmänner. Man wird deshalb verstehen, wie verblüfft ich ein paar Tage später war, als zum ersten Mal ein Kardinal leibhaftig in meinen bescheidenen Räumen stand, begleitet nur von ein paar Adjutanten. Nun, er war in seinen eleganten Seidenkleidern nicht sehr lange durch die Stadt spaziert; es war nämlich der Herr des Palazzo Madama, Franscesco Maria Bourbon del Monte.

Ich muß einräumen, ich war enttäuscht, als ich begriff, daß nicht der Ruhm meiner Bilder den Kardinal hereingelockt hatte. Er hatte bei Alessandro Michels Zigeunerin-Bild hängen sehen und es auf der Stelle gekauft. Jetzt wollte er mehr sehen.

So änderte sich das Leben für meinen jungen Freund. Von nun an kaufte del Monte das meiste von dem, was er malte; der Kardinal bestellte verschiedene Motive und bezahlte gut für die Bilder. Es war aber nicht nur das Geld. Michel konnte einen Blick in eine sonst verschlossene Welt werfen, die Welt der Paläste, die Welt der Botschafter, die Welt der Kurie. Del Monte machte Michel Geschenke, so daß er sich trotz seiner geringen Herkunft und Stellung in dieser Welt bewegen konnte: Kleider, Stiefel – und ein Schwert. Durch den Kardinal begegnete Michel mehreren der wichtigsten Männer Roms, ohne daß er deshalb aufgehört hätte, mit Huren und kleinen Dieben in den Kneipen herumzuhängen.

Aber er veränderte sich als Mensch. Man hätte glauben sollen, daß der Kontakt mit einem hohen Prälaten ihn milder und ernster stimmen würde. Es kam ja auch vor, daß er durch del Monte Aufträge für Bilder von Heiligen und Gestalten aus der Bibel erhielt. Soviel ich weiß, hatte Michel vor *Die reuige Magdalena* nie ein solches Motiv gemalt. Ich glaube, er hatte nicht einmal daran gedacht. Nach Magdalena aber malte er praktisch nur noch religiöse Bilder. Er unterhielt sich außerdem oft mit den Oratorianern, den frommen Nachfolgern Filippo Neris, die Armut und Frieden predigen. Ich glaube, er nahm sich ihre Reden zu Herzen, denn einmal hörte ich ihn sagen, die Menschen auf seinen Bildern sollten einfache, arme Menschen sein, was Kardinäle und andere auch davon halten mochten, denn bekanntlich stand ja geschrieben: *Selig sind, die da geistlich arm sind, denn das Himmelreich ist ihr.*

Trotz dieser frommen Beeinflussung seines Gemüts wurde er gleichzeitig jähzorniger, heftiger und reizbarer als vorher. Die Polizei begann auf ihn aufmerksam zu werden, und leider nicht zu Unrecht.

Ich habe versucht, diese Veränderung, zu der es nach seinem Einzug beim Kardinal kam, zu verstehen. Ich glaube, sie ist darin begründet, daß Michel Angelo Merisi nicht ist wie andere Maler. Wie gesagt, er sieht und fühlt seine Motive neu, als wären sie nie zuvor gemalt worden. Daher auch diese großmäuligen Bemerkungen von ihm, er habe nicht von anderen gelernt. In gewissem Sinne hat er das nicht. In gewisser Weise malt er wie ein Kind, er *ist* in dem Motiv.

Solange die Motive kleine weltliche Szenen und *nature morte* waren, ging das ganz gut. Die großen Motive aber waren zuviel für ihn, mit wieviel Frömmigkeit er auch ursprünglich an die Arbeit ging.

Kreuzigung und Tod. So etwas bringt die Körperflüssigkeiten in Aufruhr bei einem Maler, der selbst leidet, wenn er Leiden malt, der sich krank ekelt bei den Todesszenen, die unter seiner Hand entstehen. Wenn er ein paar Tage oder Wochen gemalt hat, hat seine unglückliche Seele dabei solche Qualen gelitten, daß er wegmuß von alledem; er rast los wie ein durchgehendes Pferd auf dem Corso: In seinem blinden Lauf rennt es alles nieder, was ihm in den Weg kommt.

Es gibt allzu viele Beispiele dafür, wie Merisis gequältes Gemüt Unglück heraufbeschworen hat. Ich begnüge mich hier damit, nur von einem Fall zu erzählen: Wir waren in einer Osteria am Ende der Via Condotti. Da hatte einer von uns die unglückselige Idee, Artischocken essen zu wollen, wir hatten sie am selben Tag frisch auf dem Markt gesehen. Der Wirt nickt und legt los, wir trinken weiter und warten, und eine Viertelstunde darauf kommt ein Junge mit einer Schüssel glänzender Artischocken, mit schön gebogenen Blättern, die helle, fleischige Leckerbissen an jedem von ihnen verheißen – und nicht zuletzt einen schmelzend weichen Boden, zu dem wir uns langsam hinunterarbeiten können.

Doch inzwischen ist etwas mit Michels Leber passiert, oder ein Teufel ist in seine unruhige Seele geflogen. Es *ist* schwer, Artischocken perfekt zu kochen. Vielleicht ist die erste, deren Blätter er durch die Zähne zu ziehen versucht, etwas zu hart, vielleicht hat sie so einen kleinen Beigeschmack, wie ihn Artischocken mitunter haben.

Auf jeden Fall schreit er auf und wirft die dampfend heißen Gemüse dem Jungen, der noch nicht in die Küche zurückgegangen ist, mitten ins Gesicht.

Der Junge verbrennt sich ernstlich, für eine Weile verliert er auf einem Auge die Sehkraft.

Es gibt einen Tumult, eine Schlägerei; der Wirt nimmt seinen Angestellten in Schutz, er nimmt seine Artischocken in Schutz, er schickt jemanden los, um einen *sbirro* zu holen. Der Polizist befindet sich unglücklicherweise nur ein paar Schritte vom Wirtshaus entfernt. Michel wird verhaftet, wieder gibt es Gerede über dieses unglückselige lange Schwert, das er tragen *mußte* und das schließlich sein großes Unglück wurde. Michel muß in der Arrestzelle übernachten; wir übrigen kommen davon, aber ich muß zu del Monte, ihn schlichtweg aus dem Bett holen. Der Kardinal ist nicht sonderlich begeistert – die Litanei, die er von sich gibt, steht absolut nicht in irgendeinem Meßbuch.

Dennoch greift er noch einmal ein. Michel kommt heraus, mit einem blauen Auge, er hat sich mit einem Mitgefangenen geschlagen und ist wütend auf mich, weil ich mich nicht zusammen mit ihm habe verhaften lassen.

Ach, es passiert mehr davon, die Polizeiberichte müssen voll sein von Pöbeleien, Streitigkeiten, Schlägereien, Waffengebrauch. Das Erstaunliche ist wohl nicht, daß Michel Angelo aus Caravaggio auf dem Campo Marzio einen Mann getötet hat, sondern daß er nicht selbst bei einem Kampf erschlagen, auf dem Ponte Sant' Angelo geköpft oder zumindest zu den Galeeren geschickt worden ist.

Aber andere Maler haben auch mit einem Ungleichgewicht

der Körperflüssigkeiten gelebt, ohne Mörder zu werden. Hinzu kommt, daß Michel Angelo ein Provinzjunge war, der Römer wurde.

Rom selbst war sein Unglück. Diese zügellose Wildheit, diese quälende Empfindlichkeit, die bewirkten, daß er imstande war, einer unwichtigen Bemerkung oder einer eingebildeten Schmähung wegen das Schwert zu ziehen – was anderes ist dies als die Unsicherheit eines Provinzjungen, die vielen Jahre, in denen die Huren freche Bemerkungen über seinen Dialekt machten, bevor er zu antworten lernte, in denen die Kneipenwirte ihm die schlechtesten Fleischstücke gaben, weil er doch nur ein dummer Bauernjunge war, in denen großmäulige Maler wie Pandolfo ihn herablassend fragten, wo in aller Welt er so etwas wie Zeichnen gelernt habe.

Ich weiß nicht, was da unten auf dem Campo Marzio passiert ist. Man hört so vieles, das meiste sind Gerüchte, Vermutungen oder freie Erfindung – so ist übrigens auch Rom; eine Neuigkeit kann nicht nackt und rein durch die Straßen laufen, sie wächst und nimmt die sonderbarsten Formen an; sobald sie nur ein paar Viertel weitergekommen ist, kann sie hinter den Farben, dem Schmutz, den Auswüchsen kaum noch jemand erkennen. Wenn man mich aber fragt, möchte ich denen glauben, die sagen, dieser Ranuccio Tomassoni habe eine Bemerkung über Merisis Hintergrund gemacht. Einige behaupten, er habe gerufen, Merisi sei ein tolpatschiger Bauernsohn, ein Bergaffe aus der Lombardei, der nie lernen werde, gut *pallacorda* zu spielen.

Ich weiß genau, daß der Maler wegen einer solchen Bemerkung morden konnte.

Wenn er begnadigt werden soll, dann auch um Roms willen.

Dieser Mann wird das Ansehen unserer Stadt wachsen lassen. Es heißt, daß er jetzt wunderbare Bilder in Neapel malt und bereits eine Schule begeisterter Anhänger und Schüler da unten in dieser verwilderten, malariaverheerten Sumpfstadt hat. Soll so etwas einen Sinn haben?

Laßt ihn zurückkehren. Dies sage ich nicht seinetwegen, sondern wegen der Stadt. Wir brauchen ihn, mehr als je zuvor.

Einige haben gesagt, ich sei sein Lehrer gewesen. Er brauchte keinen Lehrer, und er wollte auch keinen. Es würde auch unnötig hochmütig von mir klingen, mich heute, da Michels Ruf, selbst in seiner Abwesenheit, meinen eigenen hier in der Stadt weit überstrahlt, zum Lehrer dieses Mannes zu ernennen. Aber sagen wir, ich diskutierte die Geheimnisse des Zeichnens mit ihm und brachte ihm sowohl dessen Notwendigkeit als auch dessen Begrenzung bei und half ihm so auf den Weg. Michel Angelo ist ein Mann der Farben, nicht des Zeichnens. Er gibt die Substanz und das Gewicht der Formen mit Hilfe von Nuancen bei der Farbmischung wieder, er definiert Konturen eher, indem er Farben gegeneinander absetzt, als durch Zeichnen. Einige meinen, das Zeichnen sei die Seele der Malerei. Solcher Quatsch ist auf der St.-Lukas-Akademie gelehrt worden: Die Malerei habe eine Seele, die der Maler mit seinen dünnen, fast geistigen Linien einfangen müsse, bevor er ihr mit Hilfe der irdischen und weltlichen Farbe einen Körper geben könne.

Man hat gesagt, Michel sei kein wirklich großer Maler, weil er nicht so gut zeichnen kann. Allerdings, es gibt bessere Zeichner, auch hier in Rom. Diese akkuraten Spitzenklöppler können dasitzen und an ihren Seelenlinien feilen, aber was nützen die, wenn Körpern und Gegenständen Oberfläche gegeben werden soll? Michel *malt* kein Glas, keine Haut, keine Kleider – er *erschafft* all das. Darin liegt seine Größe: Die Malerei kann gern eine Seele haben, aber sie *braucht* einen Körper.

*Die folgende Erzählung ist in einer sehr persönlichen Handschrift abgefaßt, in einem durch die gesprochene Sprache geprägten Italienisch, mit einer eigenwilligen Orthographie, die durch den Einfluß einer germanischen Sprache bedingt sein kann. Peter Paul Rubens verließ Rom am 28. Oktober 1608, während die Untersuchung 1610 stattgefunden haben muß. Es läßt sich nicht ausschließen, daß der Bericht echt ist, daß er von Rubens selbst verfaßt und nach Rom geschickt wurde. (Anmerkung des Herausgebers)*

## *Bericht des Malers Peter Paul Rubens*

Ich verbrachte sechs glückliche Jahre am Hofe des Großherzogs von Mantua. Seine Exzellenz Vincenzo war so freundlich, nicht nur die Bilder, die ich selbst malte, mit Freude zu empfangen, er schickte mich auch rundherum zu anderen Malern, teils um mich mehr lernen zu lassen, teils weil seine eigene Sammlung so gut wie möglich werden sollte.

Leider traf ich während meiner Aufenthalte in Rom nur ein einziges Mal den Maler Merisi aus Caravaggio persönlich, und da war er vorübergehend außerstande zu arbeiten. Nun war seine Technik einigermaßen gewöhnlich, er benutzte nach wie vor die gleichmäßige, dunkle Grundierung statt der leichteren, transparenten Imprimatura, und seine Verwendung von Bleiweiß zur Erreichung des scharfen Lichtes, das er anstrebte, war ziemlich maßlos. Deshalb glaube ich kaum, daß ich von diesem Maler direkt etwas zu lernen hatte, aber ich war ein wißbegieriger junger Mann, und ich wollte ihn selbstverständlich gern bei der Arbeit sehen.

Einige Zeit nach unserer einzigen Begegnung mußte er aufgrund der Umstände, die dieses Schreiben veranlaßt haben, aus der Stadt fliehen. Ich möchte einräumen, daß sein Schicksal mich sehr beschäftigte. Damit stand ich nicht allein. In dieser Zeit konnte man in Roms Straßen kaum einen Schritt tun, ohne Leute diskutieren zu hören, was eigentlich auf dem Campo Marzio vor sich gegangen war.

Wir wissen, daß Gott einzelne auserwählt hat. Da unsere Erkenntnis so unermeßlich viel kleiner ist als Seine, müssen wir damit rechnen, daß diese Prädestination, dieses vorherbestimmte Auserwähltsein, menschlich gesehen so wirken mag, als ob Der Herr in seinen Einfällen kapriziös und launenhaft wäre. Auserwählt, durch eine Bestimmung gebunden zu sein, ist womöglich kein leichtes Schicksal, bilde ich mir ein. Aber der Auserwählte kann nichts dabei tun; nur am Seil seiner Bestimmung zerren, so gut er kann. Wieder – von einem menschlichen Standpunkt aus gesehen – kann dies seltsam aussehen, der wilde Tanz des Auserwählten, um dem Willen zu entgehen, der ihn dennoch festhält. Ich bilde mir ein, das Leben dieses Menschen wird unbegreiflich, wenn man nicht sieht, daß all diese grotesken, ruckartigen Bewegungen, diese wilden Ausfälle und kompromittierenden Einfälle sich um das geheime Zentrum gruppieren, an dem das Seil befestigt ist: die Bestimmung.

In meiner Zeit in Rom spazierte ich häufig durch die Gassen um die Piazza Navona. Ich ging oft an der Stelle vorbei, an der angeblich die heilige Agnes ihr Martyrium durchlitten hat. Dann dachte ich immer an Merisi. Warum malte er nie *diese* Szene, er mit seinem Sinn für das Outrierte, das Sensationelle: die gottergebene Agnes, in all ihrer zarten Jungfräulichkeit gefangen, nackt ausgezogen, hier an der Piazza ins Bordell geworfen, wo ihr Haar so wundersam wuchs und ihre Scham bedeckte!

Die Erzählung ist trostreich und schildert, wie Der Herr die Seinen beschützt. Aber sie konnte auch äußerst schockierend dargestellt werden, mitten im Heiligen, wofür Caravaggio ganz offenbar Sinn hatte.

Trotzdem malte er Agnes' jungen Körper, wie er hinter einem notdürftigen Vorhang aus Haar zitterte, nie. Tatsache ist, daß er überhaupt nie nackte Frauen malte; nur den nackten Amor, den jungen Johannes in der Wüste, den Knaben Isaak auf dem Altar, wo sein Vater ihn opfern will. Keiner, der seine Werke wirklich studiert hat, kann im Zweifel darüber sein, daß er an diesen schlanken Knaben mit ihrer weichen Haut und ihren langen, geschmeidigen Gliedern großen Gefallen findet. In ihnen vibriert eine weiche Wärme, die den schönen, kühlen Frauengestalten fehlt.

Wie auch immer. Ich ging oft hinunter zum Tiber bei der Tor di Nona, dem Gefängnis. Hier hatte er auch gesessen – möglicherweise war es genau dieser furchtbare Ort, an dem er nach dem Urteil wegen Ehrverletzung untergebracht wurde, von dem am Hof in Mantua soviel gesprochen worden war. Seine Exzellenz der Großherzog trieb sogar ein paar der schlechten und liederlichen Verse auf, die der Maler verfaßt haben sollte. Sie wurden unter großer Heiterkeit im Kreis seiner Freunde vorgelesen.

Gewöhnlich ging ich weiter hinunter zum Ponte Sant' Angelo und schaute hinüber zur Burg. Ich dachte daran, was man über Seine Heiligkeit Sixtus V. erzählte. Zu seiner Zeit wurde Die Stadt von Soldatenbanden und hungrigen Horden geplündert, die nach einer Hungersnot ihre Heimat hatten verlassen müssen. Sixtus schritt so kraftvoll gegen die Banditen ein, daß über sein erstes Jahr auf dem Stuhl Petri gesagt wurde: »In dem Jahr hatte die Brücke mehr Köpfe auf dem Pfahl als der Markt Melonen.«

Ab und zu überquerte ich den Fluß und ging ganz bis zu St. Peters neuer Kirche auf den vatikanischen Wiesen, um zu bewundern, wie die Arbeit voranschritt.

Viele Jahre hindurch sind die hervorragendsten Künstler berufen worden, die Kirche auszuschmücken – ja, selbstverständlich nur die hervorragendsten Künstler innerhalb der katholischen Lehre. Ich weiß genau, Merisi betrachtete es als eine fürchterliche Niederlage, daß er nicht gefragt worden war – *egregius in Urbe pictor*!

Schließlich bekam er einen Auftrag, für eine der Kapellen. Und auch das ging schief, so kann man es wohl ausdrücken. Die Palafrenieri-Brüder wollten seine *Heilige Anna selbdritt*, die übrigens ein gutes Bild ist, nicht haben. Es wurde statt dessen an die päpstliche Familie verkauft, eigentlich kein schlechter Ersatz.

Ich gestatte mir die Bemerkung, daß die Beziehung zwischen einem Maler und seinem adligen oder geistlichen Beschützer im allgemeinen nicht begriffen wird. Man sieht im Maler nur einen Diener, wie den besten Koch des großen Mannes, seinen Astrologen oder bestenfalls seinen Schatzmeister. Der Herr befiehlt und belohnt, der Diener führt die Befehle aus und dankt.

In früheren Zeiten warf ein reicher, berühmter Beschützer, ein mächtiger Papst oder Lorenzo de Medici, Glanz auf seinen Maler. Heute aber wirft ein extraordinärer Maler vielleicht ebensoviel Glanz auf seinen Herrn.

Man kann einwenden, daß das nicht so sein sollte, daß die gottgegebene Beziehung zwischen Herr und Diener die Beziehung zwischen dem einen Herrn und all seinen irdischen Untertanen widerspiegeln soll, so daß es die demütige Pflicht eines jeden Dieners ist, sich seinem Herrn nach besten Kräften zu fügen. Dazu habe ich nichts zu bemerken.

Wie gesagt, die päpstliche Familie kaufte ein Bild von Caravaggio, ein Bild, das fromme Mönche abgelehnt hatten. Auf ziemlich genau die gleiche Weise konnte ich dem Großherzog ein Bild sichern, einen *Marientod*, den die Karmeliter in Santa Maria della Scala nicht gebrauchen konnten.

*Marientod* ist ein bemerkenswertes Bild, denn es schildert genau *diesen*. Hier ist der Tod Marias kein Übergang zu ihrer Himmelfahrt, sondern ein irdisches Ende. Das tote Gesicht hat eine *Starrheit* und einen Farbton angenommen, die ungeheuer gut gemalt sind – und hier ist es ihm auch gelungen, die perspektivische Verkürzung des linken Arms der Leiche zu handhaben, der steif ausgestreckt in Richtung des Betrachters liegt. Das Licht ist zwar etwas zu theatralisch, der Hintergrund löst sich in diffuses Dunkel auf, und eine dieser Draperien, die Caravaggio so gern an den unmöglichsten Stellen anbrachte, hängt von der Decke. Alles in allem aber ist es ein Bild, das der Sammlung des Großherzogs durchaus keine Schande macht.

Bei dem einen Mal, daß ich den Maler selbst traf, war er gerade überfallen worden und ziemlich übel zugerichtet, unter anderem durch einen Schlag auf den Kopf. Dies war ein halbes Jahr bevor er aus Rom fliehen mußte. Er hielt sich damals viel bei einem etwas schmuddeligen, älteren Buchhändler auf, vor dem, das war mein Eindruck, der Maler aus irgendeinem Grund einen beinah väterlichen Respekt hatte und der von ihm sehr oft als Modell benutzt worden war. Bei dem Buchhändler wohnte auch eine Frau, die ich ohne Schwierigkeit auf mehreren seiner Bilder als Maria wiedererkannte. Ich gewann den Eindruck, daß diese Frau sich irgendwie für den Überfall auf den Maler verantwortlich fühlte. Merisi selbst allerdings meinte, Grund für den Überfall sei etwas ganz anderes, nämlich daß er einem reichen, mächtigen

Mann versprochen hatte, die Wände in dessen Schloßkapelle *al fresco* zu bemalen, und ein kleineres Vermögen als Vorschuß angenommen hatte; jemand sagte, es handle sich um 500 Scudi. Dann hatte er mit Entschuldigungen und Ausreden versucht, sich vor der Arbeit zu drücken. Das Geld hatte er natürlich verbraucht.

Die Sache war wohl die, daß Caravaggio einfach keine Fresken malen konnte. Der nasse Wandputz ist streng, er fordert ein rasches Auge, eine sichere, entspannte Technik, eine kühle Ruhe, die der Mann am allerwenigsten besaß. Er hatte Probleme mit perspektivischen Verkürzungen und mußte sie oft neu malen; selbst auf seinen fertigen Bildern gibt es den einen oder anderen ausgestreckten Arm, der plump ins Nirgendwo zeigt.

Deshalb hätte er zweifellos unterlassen sollen, den Vorschuß anzunehmen. Ich habe allerdings ein sonderbares Gerücht gehört, für dessen Wahrheitsgehalt ich keineswegs bürgen kann, das ich aber hier wiedergebe, da es – falls es einen Kern von Wahrheit enthalten sollte – für die Frage nach Schuld und Verantwortung des Malers nicht ohne Wichtigkeit ist.

Es wird also behauptet, die Banditen, die den Maler überfallen haben, seien von dem Mann geschickt worden, der den Vorschuß für die Fresken ausbezahlt hatte. Er habe der Forderung, seine 500 Scudi zurückzubekommen, Nachdruck verleihen wollen. Nachdem er auf diese unmißverständliche Weise zusammengeschlagen worden war, habe sich Caravaggio vernünftigerweise entschlossen, den Vorschuß zurückzuzahlen. Er habe den Winter darauf verwendet, wohlhabende Männer anzusprechen und Geld zu leihen – Gott weiß, wie viele Leinwände er versprechen mußte, bis der Betrag erreicht war. Dies verbreitete sich selbstverständlich in der ganzen Stadt, und allzu viele wußten auch, daß der Maler die Gewohnheit hatte, die ganze große Geldsumme bei sich zu tragen, weil er mit typischer Selbstüberschätzung meinte, sie sei sicherer in seiner eigenen Obhut als bei anderen – er war übrigens immer bewaffnet.

Falls man diesem Gerücht glauben soll, wußte auch der berüchtigte Ranuccio von diesem hohen Geldbetrag. Er meinte bei dem Maler noch Geld gutzuhaben, und hielt ihn auf dem Campo Marzio auf, um abzurechnen; wenn nötig, mit Gewalt. Kurz gesagt: Er überfiel Caravaggio mit dem Schwert in der Hand, um eine bedeutende Geldsumme zu rauben. Das einzige, was der Maler tat, war, sich zu verteidigen, unglücklicherweise so gründlich, daß er den Banditen erstach.

Man kann sich fragen, warum sich Caravaggio nicht auf Notwehr berief, sondern sofort floh. Dazu sagen die Leute, daß sein Ruf als Trunkenbold und Schläger so war, daß ihm niemand geglaubt hätte. Und mit einer hohen Geldsumme in bar auf der Hand war es nicht sehr schwer für ihn, aus der Stadt zu kommen.

Dies rettete ihm sicher das Leben. Diesmal – denn das Geld nahm er wohl auf der Flucht mit, und er konnte die Schuld bei seinem mächtigen Auftraggeber nicht tilgen. Vielleicht sitzt noch immer irgendwo ein ungeduldiger Bankier oder Fürst und wartet auf seine 500 Scudi.

## *Bericht des Ignazio, Stadtschreiber in Neapel*

Aus gegebenem Anlaß will ich mitteilen, was ich über den Maler Merisi und seine beiden Aufenthalte in unserer Stadt weiß, von denen keiner lange war – gebe Gott, daß sie noch kürzer gewesen wären, da dieser Mann nur Zwietracht und Unruhe mitbringt.
Gleich als er in die Stadt kam, ging das Gerücht, er habe sich an die spanische Justiz gewandt, um bei einem Tötungsdelikt in Rom davonzukommen, und eine Bestätigung dafür kam später von unserem Gesandten. Dies verhinderte allerdings nicht, daß der Maler hier in Neapel mehrere Aufträge bekam und daß sich sofort etliche unreife junge Menschen um ihn versammelten, die er dem Vernehmen nach zeitweise in der Kunst des Malens unterrichtete. Davon weiß ich nichts, aber daß er sie im Trinken und anderen Ausschweifungen unterrichtete, hinterließ im Gefängnis deutliche Spuren.
Bald darauf bekam er eine Fahrgelegenheit nach Malta und verließ Neapel. Mit anderen Worten – er hastete weiter, erpicht darauf, irgendwo hinzukommen, wo er noch nicht als Mörder bekannt war. Über seinen Aufenthalt auf diesen sonnenverbrannten, braungesengten Inseln wurde uns später ein vertraulicher Rapport zugestellt, dessen Hauptinhalt ich mir hier kurz wiederzugeben erlaube, da er für die Frage der Begnadigung ohne Zweifel große Bedeutung hat.
Der Maler Merisi wurde von den Johannitern sehr gut aufgenommen, nicht zuletzt weil er erzählen konnte, daß der Schutzheilige des Ordens, Johannes der Täufer, ein Motiv war, das er mit Vorliebe malte, den jungen Johannes wie den Propheten in der Wüste

wie den erwachsenen Märtyrer. Er erklärte, es sei sein Ziel, in den Orden aufgenommen zu werden, und er wolle ihm mit seiner Arbeit dienen.

Dies tat er dem Vernehmen nach auch. Er malte das Porträt des Großmeisters, zur allgemeinen Begeisterung, und er malte ein gewaltiges Bild für die Kathedrale in Valletta – wie auch immer sich ein solches Provinznest mit einer Kathedrale schmücken kann!

Das enorme Gemälde soll eine erschreckende Wiedergabe der Enthauptung des Johannes sein. Man sagt, der fast nackte Henker habe den Kopf des heiligen Mannes noch nicht völlig vom Körper trennen können und greife nach dem Dolch, wie ihn alle Henker im Gürtel haben, dem Dolch, der *misericordia*[1] genannt wird, um den Leiden des Märtyrers ein Ende zu machen. Das schreckliche Weib Salome steht daneben, bereit, ihre Belohnung an den Haaren zu packen und auf die Schüssel zu legen, die sie im Triumph in den Festsaal tragen wird.

Das Geschmackloseste an dem Bild, um nicht zu sagen, das in all seiner grotesken Selbstbezogenheit besonders Abstoßende, soll sein, daß der Maler darauf seinen Namenszug hinterlassen hat, so wie es sich einzelne eitle Bildermacher heute wohl angewöhnt haben. Damit nicht genug: Die Signatur entsteht aus dem Blutstrahl vom Hals des heiligen Johannes, dort wo er auf den Boden trifft!

Ich für meinen Teil habe geglaubt, Altarbilder sollten trostreich und erbaulich sein und keine detaillierten, ausgemalten Szenen von Hinrichtungen oder anderem zeigen, das die Gemeinde zu Tode erschrecken kann. Aber ich bin nur ein einfacher Stadtschreiber und weder Maler noch Großmeister.

1 »Barmherzigkeit« (Anm. d. Hrsg.)

Aufgrund dieses und anderer Bilder wurde Merisi sein Wunsch wirklich erfüllt. Er wurde Ehrenritter des heiligen Johanniterordens und schwor, mit seinem Schwert gegen jede Gefahr und jeden Feind zu kämpfen, die die Christenheit bedrohen mochten, besonders gegen die Türken, falls sie einmal wiederkommen sollten wie im schrecklichen Jahr 1565; mögen Der Herr und die Heiligen verbieten, daß dies jemals geschieht. Nun – vieles scheint darauf hinzudeuten, daß dieser Maler mit dem Schwert so begabt ist wie mit dem Pinsel, und so hätte er vielleicht ein paar heranstürmenden Janitscharen den Kopf abhauen können, falls nötig.
Er soll mächtig stolz gewesen sein auf diesen Ehrenrittertitel. Manche behaupten sogar, er habe damit geprahlt, er könne jetzt zurück nach Rom gehen und sich mit gewissen adeligen Personen duellieren, die seine Forderungen früher abgelehnt hätten, weil es unter ihrer Würde sei, gegen einen titellosen Mann zu kämpfen.
Allerdings wurde er kurz darauf nicht nur verhaftet und in der Festung St. Elmo interniert, sondern bekam darüber hinaus sowohl seine Rittertracht als auch den Titel abgenommen. Der Grund dafür ist in dem Dokument, auf das ich mich beziehe, unklar angegeben, nämlich als »ehrloses Auftreten«.
Nun muß ich im Namen der Gerechtigkeit zugeben, daß die Ehrenbegriffe der Johanniter besonders streng sind. Außerdem muß man ja annehmen, daß die Nachricht, der neue Bruder sei ein echter Mörder, ihm schließlich selbst an einen so entlegenen Ort wie Malta folgte. Mehr braucht nicht daran zu sein. Auf der anderen Seite kann die Bezeichnung selbstverständlich die schändlichsten Handlungen kaschieren.
Ich erwähne diese letzte Möglichkeit aus einem bestimmten Grund. Es gehen nicht gerade wenig Gerüchte, das Zölibat, das den Johanniterrittern auferlegt ist, führe zu verbotenen Bezie-

hungen zwischen einzelnen Rittern, selbstverständlich solchen, die von früher her eine kranke, verworfene Seele haben und deshalb den Eid nie hätten ablegen dürfen. Der Maler entfloh nämlich aus St. Elmo, dem Vernehmen nach genau durch die »Pforte der Hilfe«, durch die während der Belagerung im ehrenvollen Krieg gegen die Ungläubigen verletzte Verteidiger hinausgeschmuggelt wurden. Damals war es Der Herr selbst, der dem Großmeister de la Vallette und seinen Männern diesen Ausweg zur Rettung wies. Was Merisis Flucht angeht, fürchte ich, waren es ganz andere Kräfte, die ihm den Fluchtweg zeigten. Allein schon die Tatsache, daß er entwischen konnte, beweist ja vollkommen, daß er Helfer, Mitverschworene, Brüder in der Ehrlosigkeit gehabt haben muß. Welches schändliche Band diese Ehrlosen zusammenhielt, darüber zu spekulieren steht jedem frei.

Der Maler schiffte sich nach Sizilien ein. Auch in Syrakus und in Messina (einige sagen, sogar in Palermo) soll er Altarbilder gemalt haben, auf Bestellung sowohl von heiligen Orden als auch von den Stadtvätern im Senat von Messina.

Aber dann tauchte er noch einmal hier in Neapel auf. Falls er hierher eingeladen worden war, steckten jedenfalls nicht die städtischen Behörden dahinter.

Neapel ist, was man in Rom nicht immer ausreichend berücksichtigt, eine große Stadt. Die größte der Welt, sagen einige. Es ist nicht leicht, so etwas in Ordnung zu halten. Die Seitenstraßen sind lang und eng, sie gleichen Schluchten, die sich in Bergseiten schneiden. Der Verkehr zu und von den Märkten ist endlos. Herein strömen treulose Landarbeiter von den großen Gütern, höchst ungesetzlich verlassen sie ihre Herren, ohne eine Stellung in Aussicht zu haben. Statt dessen rotten sie sich an den Stadträndern zusammen, bauen sich ein paar elende Lehmhütten und ernähren sich von Bettelei und Schlimmerem. Die Locanda del Cerriglio ist eine Herberge in einer dieser zweifelhaften Gegenden, und was der Maler dort zu tun hatte, muß er selbst am besten wissen.

Wie auch immer, er wurde überfallen, und zwar ziemlich gründlich. Anläßlich dieses Schreibens habe ich die entsprechenden Akten herausgesucht und sehe, daß der Arzt Merisis Wunden als »groß und offen, sowohl am Körper als auch besonders im Gesicht« beschreibt. »Der Mann ist kaum wiederzuerkennen, und es wird ohne Zweifel lange Zeit in Anspruch nehmen, bis er seine Gesundheit zurückerlangt, falls dies überhaupt gelingt. Man muß damit rechnen, daß das Gesicht für alle Zukunft entstellt bleiben wird.«

Die Tat wurde nicht aufgeklärt. Das Gebiet wird ausschließlich von Schurken und Banditen bewohnt, absolut jeder hätte auf den Maler losgehen können, und sei es nur zum eigenen Vergnügen. Ein paar vage Gerüchte, die ein Polizeispion aufschnappte, waren höchst widersprüchlich und nicht vertrauenswürdig. (Auch diese Menschen sind natürlich notorische Lügner.) Die Gerüchte liefen darauf hinaus, daß der Überfall von einer hochstehenden Person, die außerhalb von Neapel wohnte, bestellt und bezahlt worden sei. Einige meinten, der Befehl sei aus Malta gekommen, andere behaupteten, Kräfte aus Rom stünden dahinter.

Im übrigen ist besagter Merisi nicht mehr hier in der Stadt. Einige sagen, er ziehe nach Norden, um auf eine eventuelle Begnadigung zu warten, andere, er sei geflohen, aus Furcht vor einem weiteren Überfall.

Daß einige wenige Männer der Kirche in unserer Stadt es für opportun gehalten haben, trotz seines Rufes Werke von diesem

Maler zu bestellen, mögen sie selbst verantworten. Ich habe zwei dieser Bilder gesehen. Das eine ist eine höchst abstoßende Darstellung der Geißelung Christi. Es liegt etwas Verharrendes, beinah Genüßliches über diesem Bild von zwei muskulösen Männern – ein dritter schnürt gerade am Boden ein Bündel Reisig, als wolle auch er an der Untat teilnehmen –, die in hitziger Raserei den leidenden Herrn attackieren.

Das zweite, merkwürdigerweise bestellt von den sonst so frommen und wohltätigen Brüdern in Pio Monte della Misericordia, soll eine Schilderung der sieben Werke der Barmherzigkeit sein. Es ist ein düsteres und äußerst wirres Bild, bei dem der Maler versucht hat, alles mögliche zusammen auf eine Leinwand zu quetschen, mit dem Ergebnis, daß der Betrachter die einzelnen Werke nicht auseinanderhalten kann. Sieht man von der Jungfrau und ein paar Engeln ab, die auf das Ganze herabschauen, wirkt es am ehesten so, als hätte der Maler einen zufälligen Menschenauflauf an der Ecke Via del Duomo und Via Tribunali gemalt, nur daß auch die Gebäude nicht stimmen. Und ich muß wirklich fragen, wozu folgendes dienen soll: Hinter einem vergitterten Fenster sitzt ein widerlicher, alter, bärtiger Gefangener. Draußen auf dem Trottoir steht eine schöne junge Frau, die eine Brust entblößt hat und den Greis durch das Gitter *stillt*! Sicher sind es der heiligen Lehre der Kirche zufolge wohlgefällige Werke, die Eingesperrten zu besuchen und den Dürstenden zu trinken zu geben – aber doch wohl nicht gleichzeitig, jedenfalls nicht auf diese höchst unnatürliche, affektierte Weise.

Daß der Maler auf diesem Altarbild auch sein eigenes Porträt gemalt hat, wenn auch in einer etwas zurückgezogenen Position, ist von einer so völlig respektlosen Person nicht anders zu erwarten. Nun, vielleicht war es klug von ihm, denn so kann die Nachwelt sehen, wie er vor den Messerstichen in der Locanda del Cerriglio aussah.

Schließlich will ich noch davor warnen, den törichten Gerüchten, die im Umlauf waren und die besagten, vor diesem häßlichen Altarbild geschähen Wunder, auch nur das geringste Vertrauen zu schenken. Nur unwissende, abergläubische Frauen aus den ärmsten Quartieren der Stadt bilden sich so etwas ein. Diese Mütter beten unablässig für ihre verlorenen Söhne und Töchter, wozu sie ohne Zweifel allen Grund haben. Aber wenn die eine oder andere Seele vor Trunksucht, Diebstahl und Hurerei gerettet worden sein sollte, gebührt eher der hart arbeitenden Polizei und dem resoluten Gerichtswesen der Stadt die Ehre. Aus den albernen Votivgaben, die herbeigebracht werden, wird man leicht ersehen, daß das Ganze ein Hirngespinst ist: plumpe Bilder der gegeißelten Magdalena, falsche Gewichte, die die Schwindler nicht mehr brauchen, sogar Dolche, die, soviel ich weiß, bei Morden benutzt worden sind, die jetzt aber für immer beiseite gelegt worden sein sollen! Meiner Meinung nach gereicht dieses Unwesen den sonst so frommen, gottesfürchtigen Brüdern von Pio Monte zu wenig Ehre.

## *Bericht des Buchhändlers Ottaviano Gabrelli*

Die Wahrheit wird siegen.

In meiner schlichten Buchhandlung hatte ich in den letzten Wochen die Freude, die schmale Schrift *Siderius Nuncius* oder *Der Sternbote*, gedruckt in Venedig, zu verkaufen, ein kleines Pamphlet von vierundzwanzig Bögen in bescheidenem Oktavformat. Es ist geschrieben von einem gewissen Professor Galilei. Der Professor hat sich ein wunderbares neues Instrument gebaut, man sagt, nach Anleitung eines holländischen Optikers, das er *telescopum* nennt. Das Instrument bringt nicht nur die so verachteten menschlichen Sinne zu ihrer vollen Entfaltung – es verbessert die Sehkraft unermeßlich, so daß jetzt jeder sehen kann, was früher selbst dem Gelehrtesten verborgen war!

Durch sein *telescopum* hat der Professor etwas gesehen, das nie zuvor gesehen worden ist, nein, nicht einmal auch nur *gedacht*. Er hat beobachtet, daß der Jupiter vier Monde hat.

Die Wahrheit wird siegen. Hat Aristoteles etwas von Monden des Jupiter gesagt? Mitnichten. Ptolemäus? Keineswegs. Nicht einmal Bruno an seinem Pfahl hätte von Monden des Jupiter geträumt, nicht mehr, als sein Henker gewagt hätte, diesen Gedanken zu denken.

Aber der Jupiter hat vier Monde.

Man kann sagen, dies habe nicht das mindeste mit dem Maler Merisi aus Caravaggio zu tun, doch das hat es absolut. Carravaggio ist der Galilei der Leinwand. Er verläßt sich auf nichts anderes als auf seine eigene Sehkraft, und vor allem das ist es, was ihn in Schwierigkeiten gebracht hat, ja, ich glaube, genau dies hat zu seinem Unglück geführt. Wenn also der Professor über seine Monde schreiben darf, muß der Maler malen dürfen, was *er* sieht: die Körper der Menschen, ihre Fleischlichkeit – er kann nicht erschaffen auf der Grundlage erstarrter Überlieferungen in alten Büchern.

In Rom wird erzählt, daß sich zwei andere Astronomen schlicht geweigert hätten, durch das Instrument zu sehen, aus Angst, erkennen zu müssen, daß der Jupiter tatsächlich Monde hat. Erinnert das nicht daran, daß Priester sich geweigert haben, die Wahrheiten des Malers zu *sehen*: die dreckigen Füße eines zerlumpten Apostels, die tote Maria, den ungläubigen Thomas?

Die Wahrheit wird siegen. Daß ich das Mädchen Lena in mein Haus aufgenommen habe, war ausschließlich ein Versuch, meinem Freund Caravaggio weitere Scherereien zu ersparen, was andere über meine Motive auch gedacht oder gesagt haben mögen.

Ich habe nie an die Geschichte geglaubt, der Maler habe die beiden Frauen am Corso, die Obsthändlerin und deren Tochter, gequält. Zwar war er in dieser Zeit aufbrausend und leicht aus dem Gleichgewicht zu bringen, aber er verschwendete keine Kräfte an Menschen, die er für unwichtig hielt.

Die Sache ist die, daß mein guter Freund Opfer einer Verschwörung war, die zu seinem Unglück führte. Lena Antognetti war nur eine Spielfigur in dieser Affäre, und ich für meinen Teil glaube auch nicht, daß der Notar Gaspare Albertini letztlich dahintersteckte – dazu war er, bei allem Respekt, zu dumm.

Was feststeht, ist, daß ich Lena zu mir ins Haus nahm, um sie beide zu retten, aus keinem anderen Grund. Wer daran zweifelt, kann den ehrenwerten Bürger, den Maler Prospero Orsi, fragen, der auch mit bei Gericht war, um zu vermitteln und das Problem auf diese Weise zu lösen. Und deshalb war ich vielleicht derjenige, der in diesem letzten Jahr, bevor er von hier fliehen mußte, mit Caravaggio das meiste zu tun hatte.

Zunächst sei gesagt, daß das Ziel dieser Verschwörung selbstverständlich war, daß mein Freund getötet werden sollte. Als man Ranuccio Tomassoni ausgewählt hatte, um Caravaggio zum Duell zu reizen, dann deshalb, weil alle davon überzeugt gewesen sein müssen, daß Ranuccio den Maler ziemlich leicht besiegen würde. Er war ein ausgebildeter Wachmann, der bei mehreren hohen Herren in Diensten gestanden hatte, wohlvertraut mit Waffengebrauch und geübt im Faustkampf. Hätte er Caravaggio erledigt, hätte er das Ganze zum Zweikampf erklären oder sich sogar auf Notwehr berufen können und reichlich Gelegenheit gehabt, Schutz bei den mächtigen Herren zu suchen, bei denen er Dienst getan hatte, bei der Familie Farnese zum Beispiel oder den Aldobrandinis.

Die Vorbereitungen waren gründlich. Ein paar Tage vorher hatten Ranuccio und Caravaggio auf dem Platz am Campo Marzio *pallacorda* gespielt und waren natürlich im Laufe des Kampfes in Streit geraten.

Es war ein durchtriebener Plan, der hätte gelingen müssen. Den Maler so wütend zu machen, daß er zum Schwert griff, war keine große Kunst. Ein geübter Schwertfechter, der auf einen Kampf vorbereitet ist, wird mit Leichtigkeit einen hitzigen, betrunkenen Maler besiegen, selbst wenn dieser dafür bekannt ist, die Waffe mit einer gewissen Fertigkeit zu handhaben. Das wird neunmal von zehn geschehen, neunundvierzigmal von fünfzig.

Aber entweder war dies ein fünfzigstes Mal, oder Caravaggio war ein besserer Fechter, als jemand hätte ahnen können. Das Opfer besiegte seinen Mörder, bezahlte aber für sein Leben mit Flucht und Exil.

Was weiß ich, vielleicht war auch das einkalkuliert. Selbst wenn der Maler gegen jede Wahrscheinlichkeit gewinnen sollte, würde er keine Zuflucht bei einem Beschützer finden. Sein Sündenregister war zu lang, um noch den Tod eines Mannes aufnehmen zu können. Kein del Monte, Giustiniani oder Cherubini könnte das ins Lot bringen. Tatsache ist – was nur ich und ein paar wenige andere wissen –, daß er Zuflucht im Haus des Kardinals Colonna suchte, dessen Familie früher den Vater des Malers in ihren Diensten gehabt hatte. Doch selbst diese mächtige Familie konnte nichts weiter tun, als den Maler aus der Stadt zu bringen und ihn ein paar Wochen auf ihrem Landgut zu verstecken. (Er dankte dem Kardinal für die Hilfe, indem er eine meisterliche *Magdalena in Ekstase* malte, die im übrigen unverkennbar Lenas Gesichtszüge trägt.)

Kurz gesagt, selbst wenn der geplante Mord mißlang, war man Michel Angelo Merisi, den heute jeder Caravaggio nennt, los.

Die Frage bleibt: Wer war *man?* Mir ist ausdrücklich versichert worden, daß der Bericht, den ich hier abgebe, nur seinem eigentlichen Gegenstand dienen soll und auf keine Weise gegen meine Person verwendet werden kann. Nur mit diesem kategorischen Vorbehalt notiere ich folgende Überlegungen:

Ich sehe zwei Möglichkeiten.

Die eine ist, daß sich einer seiner früheren reichen Beschützer gegen ihn gestellt hat. Niemand wird mich dazu bringen, Namen zu nennen. Für eine solche Möglichkeit spricht, daß die Tomassoni-Brüder Kontakte zu den besten Familien hatten und für ihre Abgebrühtheit und Brutalität bekannt waren. Ja, sicher – wäre ich Kardinal oder Bankier oder hoher Beamter und wünschte die Ausführung eines Auftrags dieser Art, gäbe es keinen, an den ich mich lieber gewandt hätte als an diese beiden.

Aber warum sollte irgendeiner der wichtigsten Männer der Stadt einem Maler den Tod wünschen? Das weiß ich wirklich nicht, ich glaube aber kaum, daß reiche, mächtige Männer sehr viel anders sind als andere. Es könnte Eifersucht dahinterstecken: Man weiß, daß verbissene Sammler ihre Sammlung höherschätzen als nahezu alles andere. Der Maler kann von irgendeinem Hochehrwürden einen Auftrag angenommen haben. Dann kann ihm nachher von einem anderen Sammler eine höhere Bezahlung angeboten worden sein, und so hat er das Bild statt dessen für den Konkurrenten gemalt; das würde ihm nur ähnlich sehen.

Wir wissen, wieviel Zeit und Geld diese Leute darauf verwenden, sich die besten Sammlungen zu verschaffen. Der Herzog von Mantua, der sich zumindest einige Zeit in seinem eigenen kleinen Herzogtum aufhalten muß und deshalb Angst hat, nicht mitzubekommen, was hier in Rom vor sich geht, hat einen eigenen Späher, einen jungen flämischen Nachwuchsmaler, angestellt. *Er* kaufte den *Marientod* auf, als die Karmeliter verschreckt ablehnten, das Bild aufzuhängen. Herzog Gonzaga war so ungeheuer stolz auf seine Beute, daß er hier in Rom eine öffentliche Ausstellung des Bildes veranstaltete, bevor er es heim nach Mantua mitnahm. Es wurde verlautbart, das Bild habe unter Malern bereits so viel Aufsehen erregt, daß es ausgestellt werden mußte, aber kann das nicht genauso gut geschehen sein, um den Triumph über einen Konkurrenten zu feiern?

Oder man denke an einen großen Sammler, einen wirklichen Mäzen, der während einer langen Periode, in der der reiche Mann dem Maler auch auf andere Weise eine Hilfe und Unterstützung war, viele Bilder eines Malers gesammelt hat. Doch dann passieren zwei Dinge gleichzeitig: Mit dem reichen Mann geht es bergab, er kann das Geld nicht mehr mit vollen Händen ausgeben. Mit dem Maler geht es dafür kräftig *bergauf*. Neue Auftraggeber mit genug Geld stehen Schlange; der Maler hat keine Verwendung mehr für den Freund und Helfer, der ihn am Leben erhalten hat, als es knapp war.

Hat dieser früher so mächtige Mann dann nicht doppelt Grund, seinem Maler den Tod zu wünschen? Er sitzt nicht nur ohne Dank für seine Wohltaten da, er muß zusätzlich zu der ganzen Schmach seinen Protegé zu dem neuen Mann gehen sehen, der sich in Glanz und Ehre sonnt. Dennoch ist ihm etwas geblieben – die Bilder. Nun ist es allerdings mit Gemälden so wie bei allem anderen, daß der Wert auf zweierlei beruht. Was schön und hervorragend gemalt ist, ist selbstverständlich wertvoll. Aber das, was darüber hinaus noch *selten* ist, ist noch wertvoller. Ein lebendiger Maler arbeitet wie besessen und produziert immer mehr Bilder.

Das war die eine Möglichkeit, daß ein reicher, mächtiger Sammler der lange Schatten war, der eigentlich das Schwert aus Ranuccios Scheide gezogen hat.

Die zweite Möglichkeit erwähne ich noch weniger gern und nur in aller Kürze.

Es gibt Organisationen, die für die Verbreitung des Glaubens arbeiten, von denen man sagt, sie scheuten keine Mittel, um ihre hehren Ziele zu erreichen. Ich betone, dies ist etwas, das man sagt, nichts, wofür ich persönlich einstehe.

War der Maler eine solche Gefahr für den Glauben, daß er umgebracht, eventuell verjagt werden mußte? Das weiß ich nicht. Eines aber ist sicher, daß in seinen Bildern eine *Fleischlichkeit* ist, wie man sie noch nie gesehen hat. Diese eingetrockneten Mönche scheinen in dem Glauben, den sie so gern verbreiten wollen, für das Fleischliche keinen Platz zu finden; es ist, als fürchteten sie das Fleisch mehr als den Teufel selbst.

Dies muß eine Blindheit sein, hinter der derselbe Teufel steckt.

Denn wenn ich mich nicht sehr irre, steht geschrieben: *Und das Wort ward Fleisch und wohnte unter uns.*

Dieses Fleisch malte Merisi aus Caravaggio. Er malte *Der ungläubige Thomas*, als wäre der Apostel ein neugieriger Bauer aus der Campagna gewesen, ja, er malte Jesu Fleisch so handgreiflich und roh, daß es sich schwerlich besser – oder schlimmer – machen ließ. Jesus zieht den Mantel weg, Thomas beugt sich vor zu der länglichen Wunde in der Seite *und steckt den Finger in den Körper des Herrn.*

Christus entblößt sein nacktes Fleisch, so daß selbst ich, der ich leider nicht zu den Eifrigsten im Glauben gehöre, angesichts dieser Szene einen Anflug von physischem Abscheu empfand, beim Anblick des Leibes des Herrn, dieses heiligsten und geistigsten aller stofflichen Objekte, inkarniert auf diese brutale, auch obszöne Weise.

Doch das einzige, was der Maler getan hat, ist ja, auf das buchstäblichste den Worten der Schrift zu folgen: *Reiche deinen Finger her und siehe meine Hände und reiche deine Hand her und lege sie in meine Seite und sei nicht ungläubig, sondern gläubig!* Sollte dieses Bild öffentlich zugänglich gemacht werden, könnte jeder ungelehrte Sünder mit seinen eigenen Augen sehen, daß Das Wort zwar Fleisch ward, daß damit aber das Fleisch geheiligt wurde, in all seiner Unvollkommenheit – denn Der Herr ist nicht nur Geist, sondern auch sinnlicher, roher Körper.

Ich will unsere heiligen Orden und Kongregationen keineswegs beschuldigen, einem Maler das Leben nehmen zu wollen, weil er eine Wahrheit zeigt, deren Anblick *sie* nicht ertragen. Andererseits erinnere ich mich auch an Giordano Bruno. Im Scheiterhaufen auf dem Campo de' Fiori bezahlte er teuer für Wahrheiten, die einzelne nicht ertragen konnten.

Und ich weiß zufällig, daß es innerhalb dieser Orden Menschen gibt, die den Maler Caravaggio früher gut gekannt haben, die mit seinem aufbrausenden Charakter vertraut sind. Dies sind Personen, die seine Untugenden in bezug auf Trinken und Wetten kennen. Sie könnten mit Leichtigkeit etwas wie dies in Szene setzen. Aber vielleicht irre ich mich, vielleicht war es doch nur die Rache dieses albernen Notars.

## *Post Scriptum des Innocenzo Promontorio*

*David aber nahm des Philisters Haupt und brachte es gen Jerusalem.*

Die Nachricht vom Tod des Malers Michel Angelo Merisi da Caravaggio in Port' Ercole hat gerade Die Stadt erreicht, und der ganze lange Bericht, den ich vor wenigen Wochen fertiggestellt und an die Kurie geschickt habe, ist also völlig gegenstandslos.

Trotzdem – für meinen eigenen Teil und nicht zuletzt, weil vorstellbar ist, daß diese Dokumente Teil seines Nachruhms werden, möchte ich gern folgendes hinzufügen:

Der Bericht über seinen Tod ist höchst unklar und widersprüchlich – ja, ich kann es nicht anders ausdrücken: Er ist *zweideutig*.

Folgendes soll passiert sein:

Als Michel an den spanischen Außenposten Port' Ercole kam, brachte er seine wenigen Sachen – darunter ein neues Gemälde – zum Strand hinunter, wohin er eine Feluke bestellt hatte, die ihn abholen sollte. Wohin er eigentlich hatte fahren wollen, weiß niemand, aber es wird von einem hohen Beschützer gemunkelt, der ihn auf seinen Gütern habe verstecken wollen, bis die Begnadigungssache endlich entschieden war.

Dann kam die Polizei.

Hielt man ihn für einen französischen Spion oder Aufwiegler? Manche sagen es. Andere sagen, er sei in Streit mit einem Wirtshausbesitzer geraten, der ihn habe verhaften lassen, wieder andere, er habe eine junge Frau beleidigt – oder einen jungen Mann.

Und noch eine Erklärung gibt es für seine letzte Verhaftung. Falls *die* richtig ist, ist es wahrscheinlich das einzige Mal von all den unzähligen Malen, die die Polizei diesen Mann festgenommen hat, daß er völlig unschuldig war.

Man sagt, er sei für einen anderen gehalten worden. Man sagt nämlich, sein Gesicht sei so entstellt, daß ihn kaum jemand wiedererkennen würde.

Ich verstehe nicht, wie er dann mit einem anderen verwechselt werden konnte, es sei denn, es habe sich noch eine entstellte Person in der Nähe aufgehalten. Ich selbst glaube eher an die Erklärung, daß er *wegen* seines Aussehens verhaftet wurde, falls es also wirklich zutrifft, daß sein Gesicht so zerstört war. Ein törichter Polizist kann leicht den Schluß gezogen haben, daß ein so sonderbarer Mensch aus Sicherheitsgründen in Gewahrsam zu nehmen sei. Die Narben im Gesicht mußten ja offenbar von einer verbrecherischen Handlung stammen.

Er kam nach ein paar Tagen frei, aber da war die Feluke weg – und mit ihr seine Sachen.

Er selbst bekam Fieber, vielleicht von der schwarzen Galle, die nach einem so idiotischen Vorfall ohne Zweifel seinen Körper verheerte. Er lief mitten in der Julisonne am Strand herum und suchte nach dem Boot, das ihn abholen sollte, schließlich erlag er dem Fieberwahn – und starb allein, ohne Priester oder Beichte.

Zumindest wurde sein letztes Bild gerettet, es kam nach Rom zusammen mit ein paar anderen Habseligkeiten. Ich hatte Gelegenheit, es zu sehen. Der junge David ist noch einer dieser schlanken, schönen Knaben, weniger nackt allerdings, nur die halbe Brust ist entblößt. Im Gesicht des Jungen ist mehr ruhige Nachdenklichkeit als Triumph. Die rechte Hand bleibt verborgen, aus dem Dunkel blitzt nur das Schwert. Mit der linken Hand hält er Goliaths großen Kopf an den Haaren. Das Gesicht des Philisters

zeigt noch die Verblüffung über das, was passiert ist, während das Blut langsam von dem durchschnittenen Hals tropft.
Dies ist Michels allerletztes Bild, auf dem Maler und Gemalter verschmelzen: Goliaths Gesicht ist Michels eigenes. *Seine* schönen Augen sind es, die brechen, er hat sie selbst eingefangen im Übergang zwischen Leben und Erlöschen.
Wer sonst hat dieses Motiv gemalt? David mit der Schleuder ist ein beliebtes Motiv, David und Saulus, gar nicht zu reden von David und Bathseba. Aber nur er hat dem kurzen Hinweis auf den Kopf des Philisters Beachtung geschenkt. Und wer sonst auf der ganzen Welt hat ein »Selbstporträt als geköpfter Philister« gemalt?
Der Heilige Stuhl hat mich gefragt, was die Wahrheit über Michel Angelo Merisi da Caravaggio ist, und ich habe versucht, in meinem früher eingesandten Bericht eine erschöpfende Antwort zu geben. Aber vielleicht habe ich mich geirrt, vielleicht war es nicht nur dieses Geltungsbedürfnis, diese Vergöttlichung der eigenen Sinne und des eigenen unvollkommenen Denkens, die das Unglück mit sich brachten.
Der Maler und ich liebten früher einmal dieselbe Frau. Dies ist gewöhnlich etwas, das Männer zu den schlimmsten Feinden macht. Aber als sie auf die entsetzlichste Weise starb, verband uns ihr Tod in einer Freundschaft, die gleißendes Licht und tiefe Schatten enthielt.
Ich glaube, Beatrice Cencis Gesicht verfolgte ihn elf Jahre lang. Schließlich verschmolz es mit seinem eigenen, und dieses Gesicht nahm die Züge des toten Goliath an.
Eines aber werde ich nie verstehen: Warum mußte er an unsere frühere Freundschaft erinnern, indem er dem jungen, siegreichen David mit dem Schwert *mein* Gesicht gab?

## NACHWORT DES HERAUSGEBERS

Vieles von dem Stoff, der in diesen Berichten vorkommt, ist auch aus anderen Quellen bekannt. Das gilt darüber hinaus für die meisten Verfasser dieser Berichte.

Der Architekt Onorio Longhi war in seiner Zeit wohlbekannt, nicht zuletzt, weil er nach seiner Begnadigung 1611 nach Rom zurückkehrte und Architekt der Kirche *S. Ambrogio e Carlo* am Corso wurde, eine Stellung, die er 1612 übernahm und bis zu seinem Tod (durch Syphilis) 1619 innehatte, als die Position von seinem Sohn Martino übernommen wurde.

Giovan Battista Merisi, der Bruder des Malers, ist nur wegen der Erbteilung bekannt geworden, die er selbst in seinem Bericht erwähnt.

Fillide Melandroni ist aus zeitgenössischen Quellen bekannt. Sie wird als Modell für mehrere Bilder genannt, darunter ein heute verschollenes *Porträt der Fillide Melandroni*.

Der Maler Prospero Orsi und der Buchhändler Ottaviano Gabrelli finden in mehreren zeitgenössischen Dokumenten Erwähnung, sowohl in zivilrechtlichen Verträgen als auch in Strafprozeßakten, die in groben Zügen die äußeren Verhältnisse in Rom zur Zeit Caravaggios darstellen. Man kann hier nur auf Riccardo Bassani und Fiora Bellinis sehr gründliche Durchsicht verweisen (vgl. die Literaturliste).

Lena Antognettis Name kam auch in der Anzeige vor, die der Notar Mariano Pasqualoni im Sommer 1605 gegen Caravaggio erstattete (wegen Überfalls »mit Schwert oder einem großen Messer«). Abgesehen davon ist der Zusammenhang unklar – handelte Notar Pasqualoni auf irgendeine Weise im Auftrag seines Kollegen Gaspare Albertini? Lenas Darstellung – die selbstverständlich einem Schreiber diktiert wurde – mag sehr subjektiv wirken. Untermauert wird sie insofern, als das Modell für die *Madonna di Loreto* und das für die Maria in *Die heilige Anna selbdritt (Madonna dei Palafrenieri)* offenbar dieselbe Frau ist.

Rubens' Italien-Aufenthalt wurde schon früher minuziös dokumentiert.

Vor diesem Hintergrund ist die Annahme, diese Darstellungen seien authentische Dokumente, die von der Kurie bei der Bearbeitung von Caravaggios Begnadigungsgesuch benutzt wurden, sehr verlockend.

Ein großes Manko ist jedoch, daß die Person, deren Darstellung den Hauptteil des Materials bildet, Innocenzo Promontorio, sich in keiner zeitgenössischen Quelle aufspüren läßt. Er kommt bei den Gerichtsverhandlungen, in denen Michel Angelo Merisis und Onorio Longhis Namen so viele Male auftauchen, nicht vor. Auch die Universität in Padua hat keinen solchen Studenten in ihren (gut erhaltenen) Matrikeln für die Jahre, von denen hier die Rede ist. Schlimmer noch – die Stadt, die er ausdrücklich als seinen Geburtsort nennt, Frassinocasa, scheint nicht zu existieren.

Aus seinem Bericht geht hervor, daß er dem Jesuitenorden verbunden ist. Die Bitten des Herausgebers um eine Untersuchung der Ordensarchive im Hinblick auf Innocenzo Promontorio, um diesen zu finden und über seine Stellung im Orden Klarheit zu gewinnen, sind abgeschlagen worden.

Es scheint nur zwei mögliche Erklärungen zu geben:

Innocenzos Bericht kann ein reines Falsum sein. Da er sich von den anderen Berichten im Archiv in keiner Weise abhebt, muß ein solcher Schluß ernsten Zweifel auf die Echtheit des gesamten Materials werfen.

Die zweite Möglichkeit ist die, daß dieser Bericht eine mehr oder weniger fiktionalisierte Darstellung ist, zu Papier gebracht von einer Person, die dem Maler tatsächlich nahestand, die aber aus irgendeinem Grund keinen Bericht unter eigenem Namen schreiben konnte. In diesem Fall müßte es sich um einen hochstehenden, hochgebildeten Mann handeln.

Eventuelle Spekulationen in dieser Richtung sind allerdings reine Vermutungen. Einen endgültigen Schluß zu ziehen scheint nicht korrekt.

Im übrigen war es auch nicht möglich, zum aktuellen Zeitpunkt in Neapel die Existenz eines Stadtschreibers namens Ignazio zu bestätigen. Hierzu ist jedoch zu bemerken, daß die Archive von Neapel nicht so gut erhalten sind wie die entsprechenden für die Stadt Rom und den Heiligen Stuhl. Seine Angaben über Caravaggios Aufenthalt in Neapel und auf Malta stimmen in groben Zügen mit dem überein, was durch andere Quellen belegt ist.

## ABSCHLIESSENDE UNWISSENSCHAFTLICHE BEMERKUNG DES HERAUSGEBERS

So viele Erklärungen, so viele Versionen, so viele Geschichten, die einander überlappen, verschieben, widersprechen, ausschließen.

Das sollte mich nicht erschüttern. Ich schreibe dies am Ende des zweiten Jahrtausends nach Christus, in einer Zeit, in der große Unsicherheit herrscht, in der die Philosophen nicht damit beschäftigt sind, die Wahrheit zu finden, sondern zu beweisen, daß Die Wahrheit prinzipiell unzugänglich ist, daß es nur kleine, subjektive, inkompatible Wahrheiten gibt.

Die Berichte über den schwierigen Maler Merisi, den Mörder aus Caravaggio, scheinen jeder für sich und auch im Zusammenhang gesehen diese Sichtweise zu untermauern. Die einzelnen Begebenheiten in seinem Leben verlieren ihre Konturen, lösen sich auf, verdunsten. Jeder Versuch, ein *Verstehen* zu etablieren, wird von der nächsten Aussage zunichte gemacht.

Ich habe die Arbeit an dieser Edition als Suche nach einer gewissen Klarheit begonnen. Selbstverständlich war es mein Interesse für die Kunst-, Ideen- und Sozialgeschichte des 17. Jahrhunderts, die sie in Gang setzte, aber falls eine Bemerkung persönlicher Natur gestattet ist: Mich trieb auch ein persönliches Bedürfnis.

Es war das Bedürfnis, *das Heilige* zu beschreiben und zu verstehen. Man könnte auch sagen: Um diese verlorene Kraft, die wir nicht mehr verstehen, wodurch große Teile unserer Geschichte für uns unbegreiflich geworden sind, zu rekonstruieren.

Dieses Bedürfnis ist durch die Arbeit am Text nicht erfüllt worden. Denn wozu habe ich es gebracht? Zu Fußnoten! Mein Beitrag zum Verständnis des Ablaufs und der Triebkräfte der Geschichte ist eine Reihe pedantischer kleiner Bemerkungen, trokkener Hinweise am äußersten Rand einer Geschichte von Leben und Tod.

Daß der Text sein Geheimnis nicht preisgibt, ist allerdings ein Schicksal, mit dem ein Herausgeber immer rechnen muß. Und vielleicht hätte ich es als angemessenen, ja, notwendigen Ausgang meiner Arbeit akzeptieren können, wäre da nicht *ein* Faktum: Caravaggios Bilder gibt es. Die Bilder des Mörders, Trunkenboldes, Streithahns, Frauenmißhandlers zu besichtigen steht jedem frei, in San Luigi dei Francesi, Santa Maria del Popolo, Sant' Agostino, Pio Monte in Neapel, in der Johanneskirche in Valletta, in anderen Kirchen und zahlreichen Galerien.

Die Berichte, die ich gefunden und wiedergegeben habe, sind von fundamentaler Unsicherheit durchdrungen. Die Gemälde dagegen leuchten mit transzendenter Autorität.

Die Bilder sprechen, oder, was noch beunruhigender ist: Es spricht durch sie.

Rom, April 1997

# QUELLEN IN AUSWAHL


Ricardo Bassani / Fiora Bellini: *Caravaggio assassino*, Rom 1994.

Maurizio Calvesi: »Caravaggio«, in: *Art Dossier*, Nr. 1/1986.

G. A. Dell'Acqua / M. Cinotti: *Il Caravaggio e le sue grande opere da S. Luigi dei Francesi*, Mailand 1971.

Mina Gregor (Hg.): *Caravaggio. Come nascono i Capolavori*; Mailand 1991.

H. Hibbart: *Caravaggio*, London 1981.

Waldemar Januszczak: *Berømte malerier – Hvordan ble de malt?* (Übers. von Jan Thurmann-Moe), Oslo 1982.

*Kindlers Malereilexikon*, München 1985.

Armando Ravaglioli: *Breve storia di Roma*, Rom 1994.

Stefano Zuffi: *Caravaggio*, Mailand 1991.

CD-ROM: *Caravaggio* in der Reihe CD-ROM ARTE (1996). Die Reihe wird von Giunti Multimedia und der Zeitung *La Repubblica* herausgegeben.

Außerdem gestehe ich hier meine langjährige Beziehung zu einem der besten Bücher – unabhängig vom Genre –, die ich kenne:

Arthur Koestler: *The Sleepwalkers. A History of Man's Changing Vision of the Universe*, London 1959 (Hier wird eine Penguin-Ausgabe von 1977 benutzt.)

*Am wichtigsten aber sind natürlich die Bilder.*
*Hier eine Auswahl:*

ROM

*San Luigi dei Francesi*

Martirio di San Matteo (1599-1600) / Das Martyrium des Matthäus

Vocazione di San Matteo (1599-1600) / Berufung des Matthäus

San Matteo e l'Angelo[1] (1602) / Matthäus und der Engel

*Santa Maria del Popolo*

Conversione di San Paolo (1600-01) / Bekehrung Pauli

Crocifissione di San Pietro (1600-01) / Kreuzigung Petri

*Sant' Agostino*

Madonna dei pellegrini / Madonna di Loreto (ca. 1604-06) / Madonna di Loreto

*Galleria Borghese*

Ragazzo con canestro di frutta (1593-94) / Knabe mit Fruchtkorb

Bacchino malato (1593-94) / Kranker Bacchus

Madonna dei Palafrenieri (1605-06) / Auch: Heilige Anna selbdritt

San Girolamo scrivente (ca. 1605-06) / Der hl. Hieronymus

Davide con la testa di Golia (1605-1610) / David und Goliath

*Galleria Doria Pamphilj*

Riposo durante la fuga in Egitto (1595-96) / Ruhe auf der Flucht nach Ägypten

Maddalena penitente (1595-96) / Die reuige Magdalena

*Pinacoteca Capitolina*

La buona ventura (1593-94) / Die Handleserin

San Giovanni Battista (ca. 1602) / Johannes der Täufer

1 Dies ist die zweite Version des Bildes. Die erste wurde während der Bombardierung Berlins 1945 zerstört.

*Palazzo Barberini (Galleria nazionale di arte antica)*

Narciso (1597-99) / Narziß

Giuditta e Oloferne (ca. 1599) / Judith und Holofernes

*Pinacoteca Vaticana*

Sepoltura di Cristo (1602-04) / Grablegung Christi

NEAPEL

*Museo di Capodimonte*

Flagellazione di Cristo (1607) / Geißelung Christi

Martirio di Sant' Ursula (1610) / Martyrium der heiligen Ursula

*Pio Monte della Misericordia*

Sette opere di misericordia (1606-07) / Die sieben Werke der Barmherzigkeit

FLORENZ

*Galleria degli Uffizi*

Medusa (ca. 1597) / Medusenhaupt

Bacco (ca. 1596-97) / Bacchus

Il Sacrificio di Isacco (1603) / Die Opferung Isaaks

MAILAND

*Pinacoteca Ambrosiana*

Canestro di frutta (1597-98) / Fruchtkorb

*Pinacoteca di Brera*

Cena in Emmaus (1606) / Das Gastmahl in Emmaus

MESSINA

*Museo regionale*

Resurrezione di Lazzaro (1608-09) / Erweckung des Lazarus

Adorazione dei pastori (1609) / Anbetung der Hirten

SYRAKUS

*Santa Lucia*

Sepellimento di Santa Lucia (1608) / Begräbnis der heiligen Lucia

VALLETTA

*St. John's Co-Cathedral*

Decollacione del Battista (1608) / Enthauptung des Täufers

San Gerolamo (1608) / Hieronymus

PARIS

*Louvre*

La buona ventura (1596-97) / Die Handleserin

Morte della Vergine / Morte della Madonna (1605-06) / Marientod

Ritratto di Alof de Wignacourt (ca. 1608) / Porträt Alof de Wignacourt mit einem Pagen

LONDON

*National Gallery*

Cena in Emmaus (1601) / Das Gastmahl in Emmaus

Giovane morso da un ramarro[2] (ca. 1595) / Knabe, von Eidechse gebissen

MADRID

*Museo Thyssen-Bornemisza*

Santa Caterina d'Alessandria (1598-99) / Die heilige Katharina von Alexandrien

2 Eine Version dieses Bildes gibt es auch in Florenz. Ob es eine Kopie ist oder ob Caravaggio beide gemalt hat, ist eine beliebte Streitfrage unter Kunsthistorikern.

BERLIN

*Staatliche Museen Preußischer Kulturbesitz*

Amor vincitore (1601/02) / Amor als Sieger

*Potsdam, Bildergalerie Schloß Sanssouci*

Incredulità di San Tommaso (1600-01) / Der ungläubige Thomas

Darüber hinaus hängen Werke Caravaggios u. a. in Dublin, St. Petersburg, Wien, Genua, Fort Worth (Texas), Cleveland (Ohio) und Hartford (Connecticut). Außerdem werden ihm auch andere Werke zugeschrieben, so z. B. eine Version von *Die Opferung Isaaks* (1605?) in Princeton, New Jersey; dies konnte allerdings bislang nicht nachgewiesen werden.

A. N.